FANTASY STORY
고랭지 판타지 장편소설

디펜스 게임의 군주가 되었다

디펜스 게임의 군주가 되었다 제3권

초판 1쇄 인쇄일 | 2025년 04월 23일
초판 1쇄 발행일 | 2025년 04월 30일

지은이 | 고랭지
발행인 | 조승진

편집기획팀 | 이기일, 김정환
출판제작팀 | 이상민

펴낸곳 | 데이즈엔터(주)
주소 | (07551) 서울, 강서구 양천로 570, NH서울축산농협 NH서울타워 19층(등촌동)
전화 | 02-2013-5665(代) | **FAX** 032-3479-9872
등록번호 | 제 2023-000050호
홈페이지 | www.daysenter.com
E-mail | alldays1@daysenter.com

ⓒ 2025, 고랭지

이 책은 데이즈엔터(주)가 작가와의 계약에 따라 발행한 것이므로
본사의 서면 동의 없이는 어떠한 방법으로도 이용할 수 없습니다.

ISBN 979-11-427-0752-0
ISBN 979-11-7309-574-0 (세트)

※잘못된 책은 본사나 구입처에서 교환하여 드립니다.
※저자와의 합의하에 인지를 붙이지 않습니다.

디펜스 게임의 군주가 되었다 ③

FANTASY STORY
고랭지 판타지 장편소설

※ 본 작품은 픽션입니다.
　본 작품에 등장하는 인물, 단체, 지명, 국명, 사건 등은 실존과는 일절 관계가 없습니다.

디펜스 게임의 군주가 되었다

제1장 **침식된 백작**   009
제2장 **전후 처리**   051
제3장 **대규모 확장**   079
제4장 **방어타워**   117
제5장 **이단심문관**   143
제6장 **강력한 명분**   173
제7장 **새로운 계보**   223
제8장 **중급 던전**   261
제9장 **촘촘한 설계**   289

[30:32:03]

"내일이다."
아론은 눈을 뜨자마자 중얼거렸다.
지난 한 달 동안 그는 동분서주하며 내정을 다스리기에 바빴다.
경제는 완전히 무너졌으며, 영토는 파괴되고 인구는 태부족이었다.
영지를 이루고 있는 구성원 중 가장 중요한 청년층의 인구가 지속적으로 감소하여 노동력으로 사용할 젊은 남성들을 찾아보기가 힘들었다.
이런 상황에서 아론은 '신앙'이라는 기조 하나만으로 지금껏 끌고 온 것이다.

그리고 내일, 4챕터가 시작된다.

달칵.

아론이 테라스로 나왔다.

도시 전체를 둘러싸고 있는 성벽이 눈에 들어왔다.

오래된 성벽을 보강해 꽤 높고 튼튼했으며, 곳곳에 솟아 있는 망루들에는 촘촘하게 병력이 배치되어 있었다.

성벽 안쪽 도시의 중심가에는 눈을 돌리자 신전이 완성되어 있었다.

흰 대리석으로 지어진 신전은 엄청난 노동력의 산물이다.

다행히 영지에 뿌리내린 신앙은 광신적인 수준이라 공사하는 내내 누구도 불평을 토로하지 않았다.

많은 백성들이 일과를 끝내고 초과 근무(?)까지 마다하지 않았으니, 신에 대한 믿음이 큰 역할을 했다.

웅장하지는 않아도 아름답게 지어진 신전은 완성되자마자 한 가지 효과를 만들어 냈다.

[사제, 성기사 출현 확률 30% 증가]
[영지의 신성 회복력 +1]

별다른 효과도 아닌 것 같지만 영지 전체에서 일어나는 효과라면 말이 좀 다르다.

일주일 전에는 세이라가 보조로 데리고 다니던 신도가 사제로 각성했다.

아론도 안면이 있는 베카라는 여자였다.

몇몇 기사들도 성기사가 될 조짐을 보이고 있었으니, 무리해서 신전을 지은 것은 탁월한 선택이었다.

신전을 중심으로 뻗어 나간 도로는 완공 단계에 접어들었다.

작지만 한 가구가 살기에 충분한 주택들 역시 노력의 산물이었다.

물론, 도시 개발이 완료된 것은 아니라 빈 공터들이 많았지만, 결국 그 안이 채워지는 것은 시간문제일 것이다.

삼삼오오 모여 백성들은 노동에 임했으며, 그 광경은 평화로워 보이기까지 한다.

"백성들은 걱정할 것 없지. 내가 그리 만들기도 했고."

내일 웨이브는 영지군만 동원할 방침이었다.

최악의 상황이 발생한다면 노병으로 이루어진 예비대가 투입될 것이지만, 그 정도로 밀리고 병력이 줄어든다면 사실상 다음은 없다고 봐야 한다.

아론이 깊은 생각에 잠겨 있을 때.

똑똑.

"들어와."

"좋은 아침입니다, 주군!"

부관 칼슨 경이었다.

내일 전투가 벌어질 예정임에도 불구하고 칼슨 경의 표정은 밝았다.

정신 교육의 효과였다.

최소한 기사단은 내일 패배할 것이라 생각지 않았다.

아론이 여신의 이름을 걸고 확신했기 때문이다.

"일찍도 왔군."

"내일이 성전(聖戰) 아니겠습니까? 만전을 기해야죠."

"맞는 말이다. 병력의 사기는?"

"아주 높습니다! 여신께서 보증하신 전쟁인데, 낮을 이유가 없지요. 실제로 적을 보면 어찌 될지는 몰라도 지금은 패배를 생각하지 않는 것 같습니다."

"많이 죽거나 다치기는 할 거야."

"전쟁에서 사상자가 발생하는 것은 당연한 일입니다. 그리고 천국에서 상을 받을 것이니 상관없지 않나요?"

칼슨 경은 진심으로 그리 생각했다.

아론은 고개를 끄덕였다.

가신부터 백성들까지, 그들은 사후 세계와 천국의 상급을 믿었다.

그 주체인 아론은 확신할 수 없었지만.

"그럼 영지를 둘러보지."

"예! 소관이 모시겠습니다!"

본령 광장.

아론이 나오자 지나가던 백성들이 무릎을 꿇고 성호를 그었다.

전 백성이 신성 군주의 존재를 인정하면서, 그를 군주이자 종교 지도자로 인식하고 있기에 나타나는 현상이다.

일과가 진행되는 와중이었기에 굉장히 비효율적이었지만 어쩔 수 없었다.

지난 한 달 동안 도시에 많은 변화가 있었다.

가장 두드러진 광경은 바로 도로였다.

도시에는 십자 형태의 도로만 뚫렸지만, 기어코 본령에서 남부 비오른 요새까지 도로를 완성했던 것이다.

그 이외의 도로는 여전히 공사 중이다.

대륙의 모든 영지가 그렇겠지만 오라클 영지도 황폐화되어 간신히 복원되고 있었다.

도로가 있어야 빠르게 원자재와 식량, 병력 등이 공급될 수 있었으므로 아론이 신경 쓰고 있는 부분이었다.

본령을 나오자 건설 물레방아의 돌아가는 소리가 들렸다.

광산에서 마석 두 개가 추가로 발견돼 건설 물레방아 한 기를 추가했다.

그 덕분에 본령에서 남부 요새를 잇는 도로를 시간 내에 건설할 수 있었던 것이다.

도로의 폭이라고는 마차 두 대가 간신히 지나다녔지만 이 정도만 해도 감개무량했다.

도시 밖에는 곡식이 무럭무럭 자라고 있었다.

강이 범람해 생장이 빠른 것인지, 원래부터 이런 것인지는 몰라도 꽤 빼곡했다.

이만하면 봄이 되자마자 수확할 수 있을 것이다.

"아가씨가 개발한 기계가 아니었으면 꿈도 못 꿨을 겁니다!"

"그렇겠지."

"어서 마석이 발견되어야 건설 크레인을 써 볼 수 있을 텐데요."

건설 크레인.

일종의 타워 크레인을 생각하면 된다.

이 시대에 성벽을 공사하려면 사람이 일일이 돌짐을 옮겨 작업해야 했다.

거대한 돌은 도르래를 매달아 올렸으나 이것도 결코 쉬운 일이 아니다.

이 문제를 해결하기 위해 고안된 기계가 건설 크레인이었다.

아론은 머릿속에 있는 타워 크레인의 모습을 그려 주었고, 그걸 받은 레냐는 설계에 들어갔다.

설계는 진즉에 완성됐으며 본체까지 완성되어 있었다.

심장인 마석만 넣으면 되는데 좀처럼 발견하기가 쉽지 않았다.

'마석이 널려 있으면 디펜스 워가 아니지.'

사실 아론은 이 정도만 해도 어마어마한 속도라고 생각하고 있었다.

화면을 보며 플레이하던 그 어느 때보다 발전이 빨랐다.

두루두루 인재를 등용한 결과였다.

사박. 사박.

농지를 걷자 무릎까지 자란 풀이 스쳤다.

'올해는 상관없지만 내년 말에는 비료를 개발해 뿌려야 한다.'

홍수를 바랄 수는 없다.

이번에는 아무런 기반이 없는 상태에서의 홍수라 피해가 크지 않았지만, 지금 홍수가 나면 피해가 제법 클 터였다.

아론이 깊은 생각에 잠겨 있을 때, 새로 만들어진 도로를 타고 레미나 경이 달려왔다.

"주군! 댐이 완성됐습니다!"

"정말인가!?"

"일주일 내내 철야를 한 결과입니다."

"가지."

아론은 바로 말 위에 올랐다.

댐은 이번 챕터를 클리어하는데 가장 중요한 역할이었다.

요새가 한눈에 내려다보이는 언덕.

비오른 요새 북서쪽으로 쭉 올라가면 인시드 강이 보인다.

여기서는 희미하게 확인될 뿐이었는데, 거기서부터 쭉 물길을 파서 인공 저수지를 만들었다.

이 작전은 건설 물레방아가 아니었으면 엄두도 내지 못했을 것이다.

말이 인공 저수지이지 적을 한 방에 쓸어버릴 정도의 수공을 펴기 위해서는 규모가 상당해야 했다.

이 작전을 위해 인력의 30%가 투입되었다.

저수지를 한창 팔 때에는 건설 물레방아 2기가 24시간을 가동했다.

그리고 마침내.

"장관이다."

"저도 그렇게 생각합니다."

"지금은 댐을 터뜨리기 위해 목책을 쓰지만, 성전이 끝나면 제대로 막아 저수지로 활용해야 한다."

"안 그래도 준비하고 있어요. 건설 크레인이 완성되면 좋으련만."

"거기까진 욕심이지."

아무리 노력해도 더 이상의 마석이 나오지 않는 이유는 시스템이 막고 있기 때문일 수도 있었다.

최소한 4챕터는 넘겨야 마석이 발견되지 않을까 싶다.

레미나 경은 댐을 제외하고도 몇 가지 소식을 더 가져왔다.

"해자도 완성됐고, 성벽 역시 마무리 단계에 들어갔어요."

"건설부가 고생이 많았군."

"아주 뿌듯해하더군요. 일이 보람차다고 말이죠."

그렇게 생각해 준다니 다행이다.

아론은 고개를 돌려 비오른 요새를 바라봤다.

한눈에도 견고함이 엿보였다.

지금껏 고생한 티 역시 역력하게 드러났다.

요새 안에서는 수백에 달하는 병력이 군사 훈련을 하고 있었다.

그 뒤 평야에서는 기병이 기동 훈련을 한다.

"총 병력 800, 그중 중갑 기병이 100명입니다."

"고생했다. 기병의 숙련도는 어떤가?"

"말도르 경이 아주 혹독하게 훈련시켜 괜찮은 편이죠."

"기병들이 아주 고생했겠군."

"물론……이죠."

레미나 경이 어색하게 웃었다.

말도르 카브란.

신으로부터 성기사로 보증(?)받았다는 이미지 때문에 아무리 쌍욕을 하며 훈련시켜도 불만이 새어 나오지 않았다.

말도르는 자신의 재능을 십분 활용했다.

하드코어로 기병을 굴린 덕분에 보병 일부가 한 달 만에 중갑 기병으로 바뀌는 기적이 일어난 것이다.

"그리고 저걸 보면 열심히 하지 않고 베길까요."

아론은 백작령 쪽으로 고개를 돌렸다.

쿠구구구!

어마어마한 규모의 검은 안개가 점점 다가오고 있었다.

지난 한 달 동안 안개는 한 번도 진군을 멈춘 적이 없었다.

그 속에 섞여 있는 마기와 이따금씩 들리는 괴성까지.

이제 코앞에 이르렀다.

저녁부터는 영지를 잠식할 것으로 보였다.

"오늘 저녁, 마지막 점검을 한다. 남부 요새 막사에 모일 것이니 그 전까지 전 병력의 배치를 완료해라."

"예, 주군!"

―끼에에엑!

그날 밤.

침식된 백작이 병력을 이끌고 코앞까지 진군한 것이 느껴졌다.

예상대로 검은 안개는 영지를 집어삼켰다.

신성 보호막으로 둘러싸여 있는 안쪽은 괜찮았지만, 그 자체만으로도 엄청난 압박이 아닐 수 없다.

아론의 명령으로 지휘관들이 모두 막사에 모였다.

기사들은 꽤 긴장한 얼굴이다.

승리를 확신하는 것과 전투 전에 긴장하는 것은 전혀 다른 문제다.

적절한 긴장은 전투에 도움을 준다.

"에리아 경."

"예, 주군!"

정보부장 에리아 경이 한쪽 무릎을 꿇었다.

"적들의 위치는?"

"비오른 요새 남쪽 1km 전방에 막사를 쳤습니다."

"총원 2천은 변함이 없나."

"더 이상 병력이 늘어나지는 않았습니다."

천만다행이다.

피부로 느껴지는 긴장감 때문에 부담스러웠지만, 디펜스 워의 내용이 바뀐 것은 아니었다.

총 병력 2천.

백작이 더 많은 병력을 끌고 왔다면 아론도 막기 어려웠을 것이다.

"승리는 예정되어 있다. 최종 목표는 피해를 최소화하는 것에 있지."

기사들은 고개를 끄덕였다.

아론은 계획을 다시 한번 점검했다.

"초반에는 어쩔 수 없이 수성을 하며 버틴다. 백작이 전 병력을 밀어 넣을 때가 타이밍이야. 수공을 사용해 쓸어버린 후 기병으로 돌격해 전과를 확대한다."

여기까지는 다들 알고 있는 이야기였다.

"놈들이 쓸려 나가면 내가 직접 출진해 백작의 목을 딴다."

"주군! 직접 나서실 필요는 없습니다!"

"마이어 경의 말이 맞습니다! 어찌 주군이 직접 나선다는 말입니까?"

아론은 고개를 흔들었다.

기사들이 백작을 직접 상대한다?

보조는 할 수 있어도 아론이 나서지 않으면 반드시 목숨을 잃을 것이다.

그럼, 다음 챕터를 클리어하는데 큰 지장이 생긴다.

기사를 잃는 것은 아론이 가정할 수 있는 최악의 상황이었다.

"나는 패배하지 않는다. 그리고 내일 백작이 죽으면."

"……."

"놈이 다스리던 영지를 통째로 손에 넣는다."

[06:05:12]

아론은 뜬눈으로 밤을 지새우다 고작 세 시간을 취침한 후 일어났다.
쿠구구궁!
밤새도록 검은 안개에서는 천둥과 같은 소리를 쏟아 냈다.
침식된 병사들의 비명 소리 역시 지속적으로 울려 퍼졌으므로 제대로 잠을 잘 수가 없었다.
시간이 다 떨어져야 침공이 시작될 거라는 사실은 알고 있었지만, 아론도 인간이었다.
부담감과 압박감 때문에 제대로 쉬지 못했다.
어둠에 잠겨 있는 요새.
잠을 이루지 못하는 것은 아론뿐만이 아닌 듯했다.
병영 곳곳이 조용히 잠에서 깨어났다.
아직 초가을에 불과함에도 공기가 차갑다.
어제와는 또 다른 느낌이었다.
신성 보호막이 여전히 마기의 침식을 막아 주고 있었으나, 그마저도 침공이 시작되는 순간 풀릴 것이다.
시간과 함께 흐르는 요새의 변화.
아론은 간단하게 아침 식사를 마치고 목욕탕으로 향했다.

목욕탕은 위생을 관리하기 위해 설치한 시설이었다.

특히 병영.

병사들이 주둔하는 요새라고 위생 관리를 철저하게 하지 않으면 전염병이 퍼진다.

사제의 기적으로 병을 치료할 수는 있다. 문제는 전염병이 도는 순간 전투력이 저하된다는 것이다.

위생의 한 축을 담당하는 목욕탕은 고대 로마 제국을 참고해서 만들었다.

돌과 벽돌을 주로 사용했으며 필요에 따라서는 회반죽도 썼다.

회반죽은 시멘트와 비슷한 역할을 한다.

다행히 영지 북쪽, 대수림에는 활화산이 아직도 활동하고 있어 회반죽을 쉽게 얻을 수 있었다.

문제는 운반이었다.

이번에는 위생 시설부터 빠르게 건설하느라 반강제로 화산에서 영지까지 회반죽을 가져왔지만, 이번 챕터가 끝난 후에는 대수림까지 도로를 건설해 대량으로 회반죽을 들여와야 할 것이다.

첨벙.

아론은 몸을 씻고 뜨거운 물에 들어왔다.

아침부터 목욕 재개를 하는 병사들이 많았다.

처음에는 병사들도 아론과 함께 목욕하는 것을 매우 꺼

려했지만, 이제는 하도 그런 광경을 보다 보니까 익숙해졌다.

병사들은 약식으로 경례를 한 후 조용히 한쪽에 자리 잡았다.

로마 제국 시절의 목욕탕은 정치와 교류의 장이었지만, 오라클 영지의 목욕탕은 경건한 마음으로 묵상하는 장소로 이용됐다.

그런 문화를 정착시킨 게 바로 아론이었다.

'모든 준비는 끝났다.'

아론은 조용히 눈을 감고 생각했다.

모든 것이 태부족이었다.

아무리 병력을 많이 준비하고 물자를 쌓았어도 침식된 병사의 숫자는 2천이 넘었다.

필연적으로 피해가 발생할 것이다.

'그래도 이만하면 기적에 가깝다.'

아론은 현 상황을 긍정적으로 평가했다.

디펜스 워를 플레이하게 되면 가장 신경 써야 하는 부분이 바로 자원의 분배였다.

조금이라도 자원 분배에 실패하면 반란이 일어나거나 제대로 적을 막지 못하는 불상사가 발생한다.

만성적인 자원 부족은 디펜스 워를 지탱(?)하고 있는 한 축이니, 이번 챕터 이후에는 숨통이 조금 트일 것이다.

'인적 자원도 나올까?'

오래 전부터 생각했던 의문이다.

식량이나 소모품은 물질이기에 쉽게 구현됐다.

그걸 포장하는 작업도 어렵지 않았다.

여신의 기적이라 말하면 됐으니까.

하지만 인적 자원은 어떻게 구현될까?

아무리 생각해 봐도 답이 나오지 않았다.

결국 아론이 내린 결론은,

'지금 고민해 봐야 답이 없다. 만약 인적 자원을 여신의 기적으로 포장할 수 있다면 신성 군주의 지배력은 더욱 강화될 것이다.'

촤륵!

아론은 고민을 마치고 일어났다.

우선은 챕터를 클리어하는데 집중한다.

[00:05:22]

두근!

아론의 심장이 뛰었다.

그는 튼튼한 석재 성벽 위에서 갑옷을 든든하게 챙겨 입은 후 대기했다.

성벽 위와 성문 뒤에는 상당한 숫자의 병력이 배치되어

있었다.

튜토리얼과는 완전히 다른 풍경이다.

-끼에에엑!

철컥! 철컥!

전방이 검은 안개에 휩싸여 있었다.

침식된 군대가 전진했다.

갑옷의 철거덕거리는 소리가 들렸고, 발걸음이 규칙적이었다.

생각보다 질서 정연한 군대가 모습을 드러냈다.

'전쟁이 따로 없군.'

어떤 의미에서는 전쟁보다 어려울 것이다.

진득한 마기가 내려앉고 있는 이 순간, 고요한 침묵은 마치 세상을 끝장낼 것처럼 침울하게 퍼져 나갔다.

완벽한 진영을 이루고 있는 2천의 군대.

적들이 낮은 괴음을 냈고, 그 속에 증오가 보였다.

자연스럽게 아군의 사기는 추락하고 있었다.

여신이 승리를 보증했다고 정신 교육을 하였지만, 막상 괴물들이 정예군처럼 도열하자 정신을 차리지 못하는 것이다.

아론조차 심장이 요동쳤으니 병사들은 말할 것도 없었다.

털썩.

아론은 그 자리에서 무릎을 꿇었다.

아직 시간은 있었다.

영지의 정체성을 '신앙'으로 끌고 왔으니 그 덕을 보아야 한다.

이 전투는 일반적인 전쟁이 아닌 성전인 것이다.

전쟁이 종교와 결합되면 엄청난 시너지를 발휘한다.

전투 전, 신의 가호를 바라는 것.

기도로 승리할 수 있다는 믿음을 심어 준다.

한 번의 기도로 사기를 진작시킬 수 있다면 백번이라도 무릎을 꿇을 것이다.

촤르륵.

군주는 여신의 앞이라면 무릎 꿇지 않는다.

하지만 아론이 무엇을 하려는지 병사들도 알고 있었다.

모두 한쪽 무릎을 꿇었다.

"자애의 여신 베일리여, 당신의 군대를 보호하소서. 이 성스러운 땅에 악마들이 침범할 수 없도록 가호를 베푸소서. 당신의 성스러움으로 길을 비춰 주시고 천군(天軍)의 사명을 충실하게 하소서. 자비로운 베일리여, 당신께서 성급을 내려 주심을 믿나이다. 순교하는 자들을 보살피소서. 그들을 당신의 땅에서 거하게 하시며 성전에서 거둔 성급에 따라 풍요로운 사후를 누리게 하소서. 우리는 계시를 믿나이다. 당신의 가호와 인도하심으로 부디 우리를 승리로 이끄소서."

아론이 성호를 그었다.

그에 따라 병사들도, 기사들도 모두 성호를 그었다.

'조금 나아졌다.'

이 두려운 전장에서 다시금 병사들에게 정신 교육(?)을 시킨 것이다.

'신성한 가호.'

[사방 100m 내에 신성의 오라가 발현됩니다.]
[HP 회복률 +3]
[언데드에 대한 대미지 +3]

신성한 오라가 발현되었다.

레벨 3수준의 가호가 내려지며 넓은 범위에서 회복률이 상승한다.

기도에 이어 강력한 오라까지.

병사들의 눈동자가 더 깊게 가라앉으며 두려움이 사라지고 있었다.

아론이 신성한 방패까지 시전하자,

[침공이 시작됩니다.]

-죽여라!

-여신의 땅을 짓밟아라!

적들이 진군을 시작했다.

아론은 성검을 치켜들었다.

"여신께서 함께하신다!"

"와아아아!"

챕터4가 시작되었다.

혼란과 공포.

검격과 창격, 화살을 맞고 쓰러지는 적과 아군이 뒤섞였다.

퍼억!

푸하학!

아론은 사다리를 타고 올라오는 적의 머리통을 단숨에 부쉈다.

내부에서부터 강렬한 힘이 끓어올랐다.

전장은 초반의 기선 제압이 승패를 좌우한다.

디펜스 워를 2년 동안 플레이해 왔던 아론이 그 사실을 모를 리 없었다.

이 때문에.

'스트롱!'

[3분간 힘이 220% 증가합니다.]

초반부터 강력한 버프를 걸었다.

MP가 쭉 빠져나갔지만 괜찮다.

지속적으로 버프를 걸 게 아니기에 육체가 과부하에 걸릴 걱정은 하지 않았다.

힘이 폭발하자 아론이 전장을 지배하는 듯 보였다.

비명과 피가 성벽 위를 뒤덮었다.

성벽 위에서는 다량의 피가 쏟아지며 흘러내렸다.

해자에는 죽어 간 자들의 시신으로 가득했다.

꽈직!

"끄아아악!"

퍼어억!

"아아아악!"

아론이 신들린 듯 적을 찍어 나갔지만, 과연 침식된 병사들은 강했다.

아군도 그동안 레벨을 올리고 훈련을 하여 신체 능력이 50%까지는 차이가 나지 않았지만, 최소한 그들이 20~30%는 강했다.

성벽을 공들여 축조하지 않았다면 힘들 뻔했다.

해자도 큰 도움이 되었다.

폭 3m, 깊이 2m에 이르는 해자 때문에 적들이 한꺼번에 달려들 수 없었다.

이에 베르칸 백작이 수를 냈다.

돌격하는 병사들마다 모래주머니를 두 개씩 짊어지게 하여 해자에 던진 후 사다리를 오르게 한 것이다.

처음 그들은 길이가 엄청 긴 사다리를 이용했지만, 모래주머니와 시체로 해자를 채우자 조금씩 사다리의 길이가 짧아졌다.

그 말은 사다리를 타는 시간이 점점 짧아진다는 뜻이었다.

아론은 더욱 날뛸 수밖에 없었다.

퍼어억!

검은 광휘로 번쩍였고, 방패는 빛의 궤적을 그렸다.

미친 듯이 적을 찍어 나갔기에 침식된 병사들은 그를 최대한 피해서 성벽 위에 당도하고 있었다.

아론은 성벽 위를 뛰어다니며 동분서주했다.

'역시 검술이 필요하다.'

힘이 아무리 강하다고 한들, 그것만으로는 긴 시간을 버틸 수 없었다.

검술 스킬을 하나 얻어야 부족한 부분이 채워질 것이다.

아론은 이번 챕터가 끝난 후 반드시 스킬을 얻을 수 있다고 확신했다.

'챕터 4에 주는 포인트로 검술 관련 스킬을 구매한다. 전에 얻은 10p를 추가하면 쓸 만한 스킬을 얻을 수 있을 거야.'

희망이 생겼다.

근처에 적이 하나도 남아 있지 않았을 때, 그는 간신히 전장의 전체적인 상황을 확인할 수 있었다.

현란한 불꽃이 여기저기서 터졌다.

레냐의 마법이 적중하고 있다는 증거였다.

아군과 적군은 뒤섞이고 혼돈이 펼쳐졌다.

중상을 입은 병사들은 후방으로 빠졌다.

치료소에는 빛이 번쩍이며 연신 중상자들을 치료하고 있었다.

경상자들은 계속해서 싸웠다.

아론의 반경 100m 안에 있는 자들은 자동으로 상처가 회복되었기에 매우 유리한 조건이었다.

그럼에도.

"주군! 조금씩 밀리고 있습니다!"

칼슨 경이 달려와 보고했다.

검은 안개가 전장을 완전히 잠식한 가운데, 피와 비명이 터져 나왔다.

그리고 지옥도가 펼쳐졌다.

아군은 가까스로 버티는 중이었다.

죽음의 영역이 늘어나고 있었다.

부상자들도 끊임없이 늘고 있었으니, 전장에 잡아먹힐 상황이었다.

"경적을 쏘아라!"

"예!"

아론은 결단을 내렸다.

성벽 아래의 해자는 대부분 채워졌고, 죽음을 모르는 악마의 군대는 그 아래 빼곡하게 모여 있었다.

삐이이익!

사방으로 새가 우는 듯한 소리가 퍼져 나갔다.

쾅!

북서쪽에서 뭔가가 터지는 소리가 들렸다.

동시에.

후우우웅!

화염의 파도가 후방에서 날아와 점령 직전의 성벽 서쪽에 작렬했다.

쿠아아아앙!

"끄아아악!"

침식된 병사들이 비명을 지르며 떨어졌다.

불이 붙었으니 해자로 떨어지려 하는 것은 본능이었다.

매캐하게 진동하는 탄내.

드디어 대량 살상 마법인 파이어 웨이브가 시선되었다.

레냐가 지금껏 마법을 아끼다 가장 취약한 부분을 타격했다.

아론과 레냐의 눈이 마주쳤다.

'잘했다.'

'오빠의 기쁨이 제 기쁨이에요!'

피식 웃은 아론이 북서쪽을 바라봤다.

드드드드!

마치 지진이 일어난 듯 진동이 있었다.

막대하게 쏟아져 내려오는 쓰나미는, 댐을 무너뜨려 적진을 한 방에 쓸어버리는 비밀 병기였다.

콰콰콰콰!

"적들이 쓸려 나갑니다!"

그야말로 순식간이었다.

저수지를 막고 있던 댐이 터지자 물길을 따라 대량의 파도가 적을 휩쓸어 버렸다.

적병이 많다고 한들 2천 규모다.

성벽 아래에 그렇게 모여 있으면 단숨에 휩쓸릴 수밖에 없는 것이다.

쓰나미에 휩쓸린 병력이 동쪽으로 떠내려갔다.

그 과정에서 일부는 죽을 것이고, 일부는 부상을 당할 터.

하지만 그대로 두면 안 된다.

"마이어 경!"

"예, 주군!"

"물이 빠지는 대로 보병을 이끌고 나가 전과를 확대하라!"

"명을 받듭니다!"

아론은 그렇게 명령을 내린 후 성벽에서 내려와 중갑 기병을 이끌었다.

말도르 경과 칼슨 경이 좌우에 섰다.

이제 시간 싸움이다.

얼마나 빠르게 전과를 확대하느냐에 따라 승패가 갈릴 것이다.

"적은 기세를 잃었다! 승리가 눈앞에 있도다!"

"베일리를 위하여!"

두두두두!

성문이 열리고 중갑 기병대가 출진했다.

비오른 요새에서 약 300m 거리를 두고 있는 베르칸 백작의 진영.

이 시대 화살의 최대 사거리가 250m 정도였기에, 백작이 이 지점에 지휘부를 설치한 것은 매우 합리적인 판단이었다.

태생이 나약하다고 한들, 군사학을 익히는 것은 군주의 기본이었다.

그건 악마가 되어서도 삭제되는 지식이 아니었다.

몸속에서 파괴적인 욕구가 자꾸 끓어올랐지만, 백작은 최대한 자제하기 위해 노력했다.

그리고 해자가 채워지길 기다렸다.

마침내.

"주군! 해자가 모래주머니와 시체로 채워졌습니다!"

"총력전을 시작한다!"

"예!"

뿌우!

마기를 자극하게끔 제작된 호각이 울려 퍼지자 성벽을 공략하던 병사들은 더욱 발광했다.

"끈질긴 놈들."

"걱정 마십시오! 곧 요새를 넘을 수 있습니다!"

참모들은 그렇게 확신했다.

바닥까지 병력을 끌어모은 모양인지, 남작의 숫자는 제법 많았다.

또한 성벽을 견고하게 보강하여 아군의 공격에 대비했다.

여기까지 준비한 것을 보면 오라클 남작도 보통내기는 아니었다.

'아무리 날고 기어도 마신의 군대 앞에는 안 된다.'

점점 적진이 밀렸다.

서쪽 성벽은 완전히 점령되기 직전이었으며, 중앙과 동쪽도 서서히 밀려 나갔다.

백작은 성공을 확신하고 있었다.

콰과과광!

"서쪽 성벽에서 대량 살상 마법 관측!"

"상관없다! 저것이 비장의 무기였을 것이야."

베르칸은 그렇게 생각했다.

이 정도의 병력을 막는데 비장의 무기 하나 없을 리가 있겠는가.

백작은 오히려 잘됐다고 여겼다.

지금 최후의 카드를 꺼냈다는 것은 패배를 시인하는 꼴이다.

하지만 그때.

쿠구구구!

"지진?"

"아, 아닙니다! 저길 보십시오!"

요새 북서쪽에서부터 거대한 쓰나미가 밀려오고 있었다.

물길을 타고 퍼져 나가는 파도가 성벽 아래에서 대기하고 있던 아군을 깡그리 쓸어버린 것이다.

콰과과과…….

"이런 말도 안 되는!"

백작은 눈을 부릅떴다.

눈에 핏발이 서고 마기가 폭발했다.

도저히 믿을 수 없는 장면이었다.

분명 다 이긴 전쟁이라고 생각했다.

조금만 더 기다리면 성벽은 점령되고, 오라클 남작을 잡아 가죽을 벗길 수 있다고 여겼다.

하지만 그건 백작의 착각에 불과했다.
적들의 수는 마법으로 끝이 아니었다.
마법은 보조적인 수단이 불과했을 뿐이다.
쿠구구구!
쓰나미가 잦아들자 성문이 열리며 적 기병이 쏟아져 나왔다.
보기에도 살벌한 갑옷을 걸친 중갑 기병은 닥치는 대로 아군을 짓밟아 댔다.
그 뒤로는 보병도 튀어나왔다.
전과를 확대하기 위해 움직인 것이다.
쓰나미에 휩쓸린 아군은 일부가 죽고, 일부는 다쳤다.
구사일생으로 목숨을 건졌다고 한들, 혼란에 빠졌을 것이다.
사기가 꺾인 군대는 그 역할을 할 수 없다.
"빌어먹을! 으아아아!"
백작이 소리를 질렀다.
그는 왕이 되어야 할 몸이었다.
이까짓 공격에서 무너질 수 없는 것이다.
귓가에 악마의 목소리가 들렸다.

[정말 쓸모없는 놈이구나!]
"뭐라고 지껄이는 것이냐!"

[너는 마신으로부터 축복을 받을 자격이 없다. 고작 오라클 남작 따위를 죽이지 못할 것이라면, 이쯤에서 자결해라.]

"닥쳐라!"

악마는 더 이상 말이 없었다.

놈이 떠나간 것이 느껴졌다.

그래도 마신은 백작의 힘을 거두어가지 않았다.

퇴각해서 후일을 도모해야 하나 싶었는데, 중갑 기병이 곧장 지휘부를 향해 달려오고 있었다.

기병은 아론 오라클이 이끌었다.

백작의 머리로 번쩍이는 번개가 스쳤다.

'그래! 남작만 죽이면 적들의 사기는 저하될 것이다!'

꽈득! 꽈드득!

백작은 지금껏 잠들어 있던 힘을 폭발시켰다.

갑옷이 찢어지며 검붉은 근육들이 자라났다.

이마에는 긴 뿔이 생겨났으며, 검은 안광을 머금었다.

손톱은 더욱 길고 튼튼하게 자랐다.

검을 쥘 필요도 없었다.

이대로 남작을 찢어 죽일 수 있을 것 같은 느낌이 충만했다.

그사이, 중갑 기병이 쇄도해 측근들을 모조리 갈아 버렸다.

아론 오라클이 달려가는 말에서 뛰어내리며 검으로 백작

을 내려쳤다.

"어딜!"

콰아아아앙!

"……!"

쩌저정!

백작의 손톱에 금이 갔다.

팔이 찢어질 것 같은 충격이 느껴졌다.

"이런 말도 안 되는!"

베르칸 백작의 동공이 갈피를 잡지 못한 채 이리저리 흔들렸다.

아론 오라클은 진정한 괴물이었다.

쿠과과광!

아론의 검이 어지럽게 흔들렸다.

'첫 타는 잘 들어갔다.'

달리는 말에서 뛰었을 때, 깃털 부츠의 효과를 톡톡히 보았다.

엄청난 속도로 쇄도하며 검을 휘둘렀던 것이다.

거기에 더해 버프로 인한 힘 증가가 있었다.

1레벨 수준이 아니라 2레벨의 버프로, 기존보다 두 배 이상 힘이 강해진 것이다.

중력과 무게, 버프가 더해지자 실로 무식할 정도의 충격이 가해졌다.

순간적인 충격 때문에 백작의 발목이 땅에 움푹 파고들 정도였으며, 손톱이 깨지기도 했다.

아론조차 팔이 떨어져 나갈 것 같았는데, 놈이 멀쩡할 리는 없었다.

그럼에도 백작은 잘 버텼다.

간간히 아론의 몸에 생채기가 날 정도였으니 괴물이 따로 없었다.

상처가 늘어날 때마다 기사들은 비명을 질러 댔다.

"주군! 괜찮으십니까!"

그들에겐 미안한 일이지만 답변을 해 줄 시간조차 없었다.

백작의 검술은 상당했다.

소심한 성격이라는 설정이지만, 소영주 시절에는 왕실 아카데미에서 군사학과 기사 수련을 받았다고 한다.

체계적으로 검술을 수련했으며, 박투에도 일가견이 있을 테니 기초적인 체술에서 밀리고 있었다.

또 하나의 문제는 손톱에 독이 서려 있다는 것이다.

아론은 신성 군주를 표방한다.

마기를 독으로 변환하였으니 생채기가 날 때마다 경직이 들어왔다.

쾅!

디버프가 들어오면 방패로 간신히 공격을 막았다.

자세가 흔들리며 팔이 떨어져 나갈 것 같았다.

"말도르 카브란! 전투에 참여하겠습니다!"

"제길! 칼슨 네드반 역시 참여합니다!"

보다 못한 말도르 경이 참여하자 자잘한 디버프들이 해제되었다.

아론의 움직임에 좀 더 여유가 생겼다.

칼슨까지 공격을 시작하니, 백작이 일방적으로 밀렸다.

보스전이 진행되는 동안 중갑 기병도 놀고 있지는 않았다.

그들은 잔당을 소탕하는데 주력했다.

백작의 주변에 친위대는 거의 다 죽었고, 전장도 거의 정리되어 갔다.

'백작의 목만 떨어지면!'

아론은 이를 사리물었다.

이 끈질긴 녀석은 끝까지 자신의 목숨 줄을 놓지 않고 있었다.

이쯤 되면 발악을 한 번은 할 것이라고 생각했다.

쿠구구구!

백작의 몸 주변으로 마기가 휘몰아쳤다.

아론의 예상이 맞았다.

디펜스 워에서 겪었던 일은 반드시 현실에서 일어났다.

"모두 물러나라!"

"예!"

파바밧!

아론을 비롯한 기사들이 몸을 날림과 동시에 대폭발이 일어났다.

콰과과광!

마기와 혈기가 뒤섞이며 주변의 모든 것을 갈아 버렸다.

백작의 근위대도 마찬가지였다.

자신의 기사와 병사들까지 폭발에 휩쓸리며 사방으로 핏물이 떨어졌다.

후두두둑.

"저 무식한 놈."

"주군이 아니었으면 곤란할 뻔했습니다."

"감사합니다."

"내 기사들을 지키는 것이 군주로서 당연한 일 아닌가."

"저 악마는 그렇지 않은 것 같군요."

"악마가 달리 악마인가."

최후의 발광인 듯, 백작이 대폭발을 일으키며 또 한 번 변신(?)했다.

뿔이 더 길어졌으며 키가 2m까지 자랐다.

강력해진 손톱과 온몸을 뒤덮은 근육까지.

몸무게가 최소한 120kg은 나갈 것 같았다.

근비대증에 걸린 버팔로처럼 몸을 부풀린 백작은 이성을 놓아 버렸다.

"크르르……. 나는 왕이 될 것이다!"

쿵! 쿵! 쿵!

백작이 미친 듯이 손톱을 휘두르며 달려왔다.

퍼포먼스에 비해 속도는 다소 느렸다.

하지만 저기에 맞았다가는 갑옷째로 잘리고 말 것이다.

"멀리서 견제만 해라. 내가 상대한다."

"예, 주군!"

서걱! 서걱!

아론은 놈의 공격을 효과적으로 피해 냈다.

한 번 손톱으로 할퀼 때마다 무지막지한 소음을 냈다.

방패도 함부로 들이대지 못했다.

그랬다간 방패조차 갈라지며 아론의 팔이 날아갈 터였다.

아론은 투명한 창을 바라봤다.

스트롱 버프가 30초도 남지 않았다.

버프가 떨어지면 상대하기가 곤란해질 것이 뻔했으므로 그 안에 죽어야 한다.

"주군! 제가 한 번 막겠습니다!"

놈의 정면으로 말도르 경이 나서며 신성한 빛을 냈다.

'홀리 실드?'

말도르 경의 눈앞에 투명한 막이 생겼다.

지금껏 그는 디버프 해제 효과를 가진 스킬만 사용했지만, 이번에 스킬이 하나 더 생긴 모양이었다.

쩌저정!

홀리 실드가 단번에 터져 나갔다.

그만큼 놈의 공격은 무식한 힘을 가지고 있었다.

'잠깐의 틈이지만, 그것으로 되었다.'

아론이 백작의 측면으로 이동하며 검을 찔러 넣었다.

혼신의 힘을 담은 일격.

그는 성검 홀로랜스의 힘을 믿고 있었다.

점프력을 이용해 쇄도하며 중력과 힘, 성검의 옵션을 이용한다.

성검에는 악마류 몬스터에게 30% 추가 대미지가 있었다.

제대로 들어가기만 하면 반드시 머리통을 관통하게 된다.

퍼어억!

"커어억!"

말도르 경이 홀리 실드를 써서 만들어 준 틈으로 아론의 검이 유효타를 냈다.

성검이 백작의 관자놀이를 꿰뚫었다.

[챕터 3을 클리어했습니다.]
[레벨이 올랐습니다!]
[02:30:00 만큼의 보상을 추가로 받습니다.]
[50p를 보상으로 받았습니다.]
[은급 랜덤박스를 보상으로 받았습니다.]
[방어타워 시스템이 오픈됩니다.]
[왕의 인장(레어)를 획득했습니다!]

"……!"
심상치 않은 보상.
파아앙!
동시에 신성 보호막이 사방으로 확장되었다.
지금껏 아군에게 달려들었던 침식된 병사들은 무기를 버린 채 사방으로 흩어졌다.
놈들은 도주하던 도중에 침식이 풀렸다.
"어?"
"어라?"
'차라리 다 죽였어야 하는데.'
아론은 벌써부터 골치가 아파 오는 것을 느꼈다.
그래도 놈들에 대한 처분은 이미 결정된 상태였다.
영지를 계속 신앙으로 이끌어 나가기 위해서는 머뭇거릴 수 없다.

"승리했다!"

"와아아아!"

소리를 지르는 기사와 병사들.

아론은 쓰러질 듯 휘청거렸지만, 간신히 자세를 잡았다.

"말도르 경, 칼슨 경!"

"예, 주군!"

"저항하는 자들은 모조리 죽인다. 항복하는 놈들만 붙잡아 와라. 조사 후 판결할 것이다."

"명에 따릅니다!"

기사들이 흩어졌다.

그들은 명령을 충실하게 수행했다.

다른 지휘관들에게도 아론의 명령이 전파되었으며, 조금이라도 항복을 머뭇거리는 자들이 있다면 바로 목을 날렸다.

재판을 받을 적은 최대한 줄여야 했다.

이번 전쟁은 일반적인 영지전과 성격 자체가 달랐으니까.

"드디어 여기까지 왔군."

아론은 이번 챕터를 클리어하며 여러 가지 보상을 받았지만, 그중 가장 마음에 드는 것을 꼽으라면 역시 '방어타워'였다.

디펜스 게임의 꽃이라 할 수 있는 방어타워가 이제야 오픈됐다.

 이것만 봐도 얼마나 지독한 난이도를 가졌는지 알 수 있다.

 마지막으로.

 "왕의 인장이라……. 이번에는 운이 꽤 좋았군."

 레어 아이템 습득.

 옵션에 따라서는 챕터 4의 난이도가 결정될 만큼의 득템이었다.

검은 안개가 걷히자 맑고 높은 가을 하늘이 펼쳐졌다.
 신성 보호막에 햇볕이 산란하며 꽤 신비로운 풍경을 자아냈으나, 그 아래 전쟁이 벌어졌던 현장은 지옥이 따로 없었다.
 성벽에는 눅진한 피가 흘렀고, 여기저기 잘려 나간 시신이 즐비했다.
 아군인지, 적인지 식별할 수 없을 정도로 신체 조각이 마구 뒤섞였다.
 '분류가 힘들겠어.'
 이곳은 야전이 아니다.
 적진 깊숙한 곳이거나 마물이 계속 출몰하는 숲이라면 시신을 모아 태우면 그만이었지만, 영지에서 죽은 자들은 어떻게든 시신을 찾아 인계해야 한다.

'간단한 일 같아도 전혀 간단한 일이 아니다. 괜히 해외에 파병된 전사자의 시신을 고국까지 운반하는 것이 아니지.'

물론 지금은 중세였다.

조금 잔혹할 정도의 처분을 한다고 해도 백성들은 이해하고 넘어갈 수 있다.

군주제 사회였기에 아론의 의지에 따라 처리할 수도 있는 것이다.

하지만 그는 단순한 군주가 아니라 신정 일치 체제를 구축한 신성 군주였다.

"레미나 경, 최대한 아군 전사자의 시신을 찾아 유족에게 인계해야 한다."

"성벽 안쪽으로 추락한 전사자들은 어떻게든 찾을 수 있지만, 수공에 쓸려 나간 시신이 문제입니다."

"어쩔 수 없다. 우리가 그들을 버리면 누가 목숨 걸고 전투하겠나."

"최선을 다해 보겠으나 힘들 수 있습니다. 또한 시신을 수습하면 백작령 점령에 늦을 수밖에 없습니다."

딜레마가 따로 없었다.

아론은 방어전이 끝나자마자 백작령으로 진군할 것이라고 이야기했었다.

문제는.

'도저히 행군과 전투를 강행할 수 없는 상황이지.'

한눈에도 많은 사상자가 발생했다.

아군에 비해 두 배가 넘는 적을 상대하며 진이 다 빠지기도 했다.

막상 백작령에 도착해도 걱정이었다.

빈껍데기만 남은 영지라도 방어군은 있기 마련이었으니, 힘겨운 전투가 예상됐다.

전사자까지 처리해야 했으니, 당장은 진군이 불가능한 것이다.

"본령에서 백성들을 동원해 시신을 수습한다. 병사들은 최대한 쉬게 하라."

"그리 명령을 내리겠습니다."

"사상자는?"

"정확한 집계는 아니지만 전사 130, 중상 20, 경상 다수입니다. 적 포로는 300명 정도 잡았으며 추적이 완료되면 좀 더 늘어날 것으로 보입니다."

"생각보다 피해가 컸다."

"백작의 군대가 2천을 넘겼던 것을 생각하면 선방했다고 생각합니다."

레미나 경이 이렇게 말할 정도면 다른 기사들이나 병사들도 같은 생각일 것이다.

주변을 둘러보면 백성들이 절망에 빠져 있지는 않은 듯했다.

천국에서 상급을 받을 수 있다는 믿음 때문일 것이다.

"내일까지 처리해야 할 가장 중요한 문제가 있다."

"명령을 내리시면 반드시 처리하겠습니다."

"패잔병을 가두고 교차 검증을 통해 죄인을 골라내는 일이다."

"……매우 민감한 문제군요."

패잔병의 처리.

단순한 영지전이었다면 포로를 노예로 만드는 한이 있어도 어떻게든 목숨을 붙여 놓을 수 있다.

하지만 이건 문제의 양상이 전혀 달랐다.

"식인을 한 자들은 살려 놓을 순 없다."

"악마에게 침식되어 본인의 의지가 아니었다고 말할 것이 분명합니다."

"레미나 경, 정신 바짝 차려라. 그놈들은 술에 취한 상태와 비슷하다고 볼 수 있다. 본인의 이성이 어느 정도 남아 있었다는 뜻이야. 누군가는 식인을 했지만, 끝까지 정신을 놓지 않은 자들도 있다. 이 문제를 그냥 두면 신성 군주의 권위는 바닥에 떨어지고 정치 체제가 흔들린다. 생존과도 직결되지."

"……"

레미나 경이 눈을 빛냈다.

아론의 말을 듣고 보니 보통 심각한 문제가 아니었기 때문이다.

"식인한 자들은 목이 떨어진다. 교차 검증과 함께 자백도 받아 내라."

"제가 시행하겠지만 도움이 필요합니다."

"에리아 경을 심문관으로 두도록."

기사들은 각자가 맡은 임무를 수행했다.

아론은 전후 처리를 위해 이런저런 지시를 내리는 한편, 부상자들이 끊임없이 후송되고 있는 임시 치료소에 도착했다.

실내에 들어가기 전임에도 피비린내가 진동했다.

치료소 앞에는 벌써 잘려 나간 팔다리가 쌓여 가고 있었다.

비명 소리와 부상자들의 기도문, 치료사들의 고함까지 뒤섞여 난장판이 따로 없었다.

그 앞에 잭슨 경과 사제 보조로 일했던 레브나가 서 있었다.

"경이 어쩐 일인가?"

"주군! 이번 전투가 끝난 후 치유를 사용할 수 있게 됐습니다."

"성기사가 되었군."

"아직 그 수준은 아니라고 생각합니다."

잭슨의 말이 맞다.

그가 성기사로 각성했다면 시스템 메시지가 떴을 것이다.

각성을 위한 예비 단계로 보면 됐다.

"이곳에 온 이유는 치료 때문인가."

"치료소에서 활동할 수 있도록 허락해 주십시오."

"너도 마찬가지인가?"

"네! 신성한 힘을 사용할 수 있게 됐어요!"

레브나는 병사 출신이다.

정확하게 말하면 위생병으로 활동하며, 세이라를 보조하고 있었다.

그녀 역시 예비 사제가 된 모양이다.

아론은 고개를 끄덕였다.

"치유 능력은 매우 귀한 재능이다. 백성의 생명과 직결되지. 바로 치료를 시작하라."

"예, 주군!"

"열심히 할게요!"

아론 역시 숨을 한 번 몰아쉬고는 치료소 안으로 들어왔다.

'많이 나아졌다.'

치료로 밖에서는 끊임없이 가위와 바늘, 붕대를 끓여 소독했다.

사제나 위생병들은 나름 깨끗한 장갑을 착용했으며 터진 상처를 봉합했다.

내출혈을 일으키는 경우는 어쩔 수 없었지만, 운이 좋으면 사제의 기적과 합쳐져 중상자도 치료할 수 있었다.

아론의 현대식 교육으로 영지의 의료 기술 전체가 발전한 것이다.

물론 팔다리를 잘라야 할 정도의 부상이나 뭉개진 상처는 어쩔 도리가 없었다. 도려내는 수밖에.

아론은 소독된 검을 들고 절단 수술을 주로 했다.

팔다리를 절단하는 것은 매우 난이도가 높은 수술이었으며, 집도하는 치료사가 받는 정신적 충격도 만만치 않았다.

그걸 영주가 솔선수범하고 있었다.

아론의 평판이 올라가는 것은 부과적인 효과였다.

'역시 신성 군주는 극한 직업이다.'

오라클 영지군은 반나절가량 전후 처리를 하며, 시신이나 포로 대부분을 거두어 왔다.

포로 추격은 기병대가 했지만, 시신 수습은 비오른 요새에 거주하는 백성이나 주변 마을에서 최대한 동원해 처리했다.

오늘 전투에서 사망한 전사자의 가족들이 요새로 모여들었다.

중앙 광장에 전사자들의 시신이 관 안에 안치되었다.

현대의 장례식처럼 깨끗하게 시신을 씻어 염을 하고 관을 준비한 것은 아니다.

목수들이 대충 목재로 관을 만들었으며, 시신은 최대한 조각난 몸만 맞추어 놓았다.

선대 영주의 장례식도 그런 식으로 치렀으니, 누구도 야만적이라고 생각지 않았다.

"주군, 아직 실종자들이 꽤 됩니다."

레미나 경이 죄송스럽다는 표정으로 보고했지만, 아론은 개의치 않았다.

"우리는 노력했다. 기병대가 돌아다니며 최대한 많은 전사자의 시신을 운구하기 위해 애썼지. 그걸 백성들도 알고 있다."

이곳은 중세다.

야만의 시대가 어울리는 세계에서 전사자의 시신을 찾기 위해 노력했다는 것만으로도 백성들은 감사해했다.

내일이면 백작령으로 진군할 것이다.

장례식은 지금 바로.

죄인에 대한 처리는 내일 아침에 끝날 것이다.

펄럭!

임시 막사로 세이라가 들어왔다.

그녀 역시 피투성이였다.

방금 전까지 치료소에서 병사들을 치료하느라 동분서주했기 때문이다.

피에 절어 있는 것은 모두가 마찬가지였다.

"영주님! 준비 끝났어요."

"바로 가지."

분위기가 절로 엄숙해졌다.

광장에는 나무로 대충 만들어진 관이 90개 정도 됐다.

나머지는 시신을 잃어버렸거나 너무 처참하게 훼손돼 신원을 알 수 없는 경우였다.

그토록 노력했으나 40구 정도는 찾지 못했다는 뜻이다.

시신이 없는 경우에는 이름만 적은 위령패를 세웠다.

관에서 흘러내린 피로 광장이 질척해졌다.

찰싹. 찰싹.

아론은 담담하게 피 웅덩이를 밟았다.

중세에서 지내다 보니, 그의 감성도 어느덧 중세인을 닮아 가고 있었다.

예식은 세이라가 진행했다.

영지민들이 눈물을 쏟았다.

감동 어린 시선으로 아론을 바라보기도 했다.

이런 전쟁 통 가운데 전사자와 유족을 먼저 챙기는 군주는 아론이 유일할 터였다.

예식이 끝나자 아론이 기도했다.

"여신 베일리여, 이 거룩한 성전에서 순교한 당신의 백성들을 축복하소서."

"……."

그러곤 아론이 무릎을 꿇고 눈을 감았다.

이런 상황에서도 여신을 이용해야 하는 사실에 자괴감이 들었다.

하지만.

'이제 멈출 수 없다. 믿음이 흔들리면 모두 죽는다.'

"이들은 악을 멸하기 위해 전장에 나섰으며, 당신의 섭리에 따라 헌신하였습니다. 그들의 육체는 차가운 바다에 누웠으나, 그 영혼은 가호를 받아 천국에 거하였음을 믿나이다. 우리가 전우의 이름을 기억하게 하시며, 그들의 흔적을 쫓아갈 수 있도록 힘과 용기를 주옵소서."

아론은 성호를 그었다.

슬픔이 몰아쳤지만 백성들에게는 죽음으로 끝이 아니라는 믿음이 깔려 있었다.

순교자들은 천국에 먼저 갔을 뿐이다.

실제로 그런 일이 벌어졌다는 것에 아론은 회의적인 입장이었지만, 백성들이 위로를 받았다는 것에 의의를 두었다.

아론은 자정이 다 되어서야 간신히 씻을 수 있었다.

전투 후 목욕탕을 이용하면 시설 전체가 망가질 수 있었기에 오크통에 물을 받아 핏물을 뺐다.

촤륵.

피부를 훑어 내릴 때마다 핏물이 번졌다.

샤워를 한 번 하고 들어왔음에도 그랬다.

머리칼 역시 피가 엉겨 붙어 잘 풀어지지 않았다.

'힘들군.'

오늘따라 괜히 감상적인 생각이 들었다.

영지의 통치를 위해 신앙을 선택한 것이었지만, 별의별 일에 전부 여신을 가져다 붙이려니 다소 회의감이 드는 것이다.

하지만.

짝짝!

아론은 두 뺨을 쳤다.

감상에 빠져서는 미래를 향해 나아갈 수 없었다.

앞으로 더 힘한 꼴들을 보게 될 텐데, 고작 이런 일에 힘이 빠져서는 안 되는 것이다.

정신을 차린 아론은 오늘 전투에서 얻은 것들을 결산했다.

먼저 스탯이었다.

아론 오라클 LV.8

직업: 신성 군주-베일리의 사도.

칭호: 악마 사냥꾼

스킬: 신성의 오라 LV.3 힐 LV.3 신성의 방패 LV.2 스트롱 LV.2

스탯: 체력(9+2) 정신(5+1) 힘(14+6) 민첩(5+1) 지혜(3+1) 신성력(1+3)

상점 포인트: 60

이번에는 체력에 포인트를 주었다.

힘에 비해 체력이 너무 부족한 것은 아닌가 싶어서다.

다음 회차를 생각하면 좀 더 전투가 격렬해질 것이었으므로 적절한 체력 투자는 필수였다.

그다음은 스킬.

상점 포인트를 사용해 스킬을 선택한다.

오래 찾을 것도 없다.

"이제야 검술을 보완할 수 있겠군."

참격 LV.1

상대에게 공격력 두 배의 대미지를 입힌다.

상점가: 60p

아론은 남아 있는 포인트를 탈탈 털어 스킬을 구매했다.

그는 여러 가지 스킬을 보유하고 있었지만, 검술 부분에서는 다소의 아쉬움을 감추지 못했다.

주인공 보정으로 기본기는 꽤 탄탄해도, 검술에 관련된 스킬은 하나도 없었다.

지금까지는 무식하게 힘으로만 밀어붙였을 뿐이다.

60포인트 정도면 구매가 가능한 여러 가지 스킬이 있었지만, 디펜스 워를 플레이할 당시 가장 효과가 높았던 스킬을 골랐다.

고인물의 오랜 경험으로 볼 때, 이건 선택이 아닌 강제에 가까웠다.

참격을 배운 후 스킬 포인트를 더한다.

참격 LV.2
상대에게 공격력 2.5배의 대미지를 입힌다.

아론은 기본적으로 공격력이 높은 편이었다.

성유물의 대미지에 힘으로 공격력을 보정해, 더욱 강력한 파괴력을 만들어 냈다.

여기에 더하여 공격력 2.5배에 달하는 스킬을 사용한다면?

웬만한 몬스터는 한 방에 정리할 수 있다는 의미였다.

버프를 사용하게 된다면 파괴력이 더해질 것이니, 보스

전에서도 한 방을 노리는 것이 가능해지는 것이다.
　이번에는 왕의 인장.
　백작을 죽이며 받은 아이템으로, 무려 레어 등급이었다.
　정말 운이 좋았다고밖에 말할 수 없었다.
　초반에 레어 아이템이 나오기 쉬운가?
　결코 아니다.
　"원코인 플레이 보정일지도 모르지. 감정."

　왕의 인장
　등급: 레어
　물리 방어력: 10
　마법 방어력: 10
　내구도: 2020

　추가 옵션
　농업 생산력 +5%
　징수 +5%
　채광 +5%
　모든 스탯 +1

　제왕을 위해 제작된 목걸이.
　-바칸 제국 건국 황제를 기억하며-

"왕의 인정이 거기서 튀어나올 줄은 몰랐지."

네임드를 잡아 레어 아이템이 드랍되는 경우에는 해당 몬스터의 성향을 반영한다.

오크 로드의 반지가 힘에 치중되었던 것처럼, 베르칸 백작은 왕이 되겠다는 말을 입에 달고 있었기에 이런 아이템이 나왔던 것이다.

왕의 인장은 내정에 치중된 액세서리로, 전투에 관련된 장비가 나오면 스왑하여 생산력을 높일 수 있었다.

5%의 수치가 아무것도 아니게 느껴질 수 있지만, 영지가 넓어지고 국가 급의 땅을 운영하게 되었을 때는 어마어마한 효과를 발휘한다.

마지막으로, 은급 상자를 개봉했다.

스아아.

화려한 임팩트가 없었다.

[빛바랜 성기사의 대검을 획득했습니다.]
[밀 500kg을 획득했습니다.]

밀은 그저 곁다리 수준에 불과했다.

매직 아이템이 하나 나왔는데, 옵션은 아론이 가진 빛바랜 시리즈의 장검과 비슷했다.

당연히 성유물의 발끝에도 미치지 못한다.

"말도르 경을 위한 장비가 나왔군."

아론이 가질 수 없다면?

휘하 기사를 주어 전력을 강화하면 된다.

비오른 요새 지하 감옥.

지하 특유의 퀴퀴한 냄새가 가득한 가운데 비명 소리가 끊임없이 울려 퍼졌다.

감옥마다 포로들이 가득 찼다.

불과 한나절 전까지만 해도 악마에게 침식돼 칼을 들이 댔던 놈들이다.

영지군 병사들은 그런 인간 같지도 않은 자들을 고문하는데, 아무런 거리낌도 없었다.

치이이익!

"끄아아아악!"

"자백해라! 네놈의 식인을 증언한 증인만 세 명이다."

"나는 사람을 먹지 않았다!"

"어차피 네놈은 사형이야. 버텨 봤자 고통만 가중될 뿐이다."

치이이익!

"아아아악!"

침식에서 돌아온 백작군 병사들은 보통 사람의 얼굴이었지만, 자괴감이 가득했다.

대부분은 그 죄책감의 무게를 견디지 못하고 자백하였으나 끝까지 버티는 놈들도 있었다.

최소 두 명에게 교차 검증이 되었다면 어떻게든 자백을 받아 내는 것이 임무였다.

"퉤! 지독한 놈!"

끼이이익.

철창의 문이 열리며 에리아 미리엄이 들어왔다.

그녀는 신성 군주의 명령으로 죄인을 솎아 내는 심문관 역할을 맡았다.

이 시대 심문관은 죄인과 심리전을 펼쳐 정보를 뜯어내는 것이 아니라 지독한 고문술을 갖추어야 하는 고문 전문가였다.

에리아가 죄인의 머리채를 움켜쥐었다.

"아직도 자백하지 않을 것인가."

"씨발, 개 같은 년! 네년 같으면 불겠냐!"

퍼억!

에리아는 망설임 없이 죄인의 눈 하나를 파냈다.

"아아아악! 이 악마 같은 년!"

"파낸 눈에 소금이라도 넣어 줘라."

"그, 그래도 되겠습니까?"

"식인을 한 자다."

"만약 고문하다 죽으면 어쩝니까?"

"별수 없는 일이지."

에리아는 심문관으로 임명되면서 정확한 기준을 전달받았다.

[심신 미약을 이유로 식인을 무죄로 주장하는 놈들은 더욱 가혹한 고문을 가하라.]
[기억이 없을 수도 있지 않습니까?]
[경은 술을 마시고 사람을 죽인 죄인을 어떻게 생각하나.]
[본래부터 심성이 악했다고 생각합니다.]
[지금도 그와 같다. 술에 취했다고 모두가 사람을 죽이진 않는다. 마기에 침식되고도 끝까지 인간의 존엄을 지킨 자들은 어찌 설명할 것인가.]

심신 미약을 근거로 댄다면 무시하라고 영주가 명령을 내렸다.

군주가 명확한 기준을 제시했다.

교차 검증이 되었다면 고문하다 죽여도 상관없다는 뜻이다.

에리아는 괜히 마음이 흔들렸던 자신을 책망했다.

"이자들은 인간으로서 지켜야 할 존엄을 어겼다. 마기에 침식되었다고 한들, 인간이 인간을 먹었다면 어떤 핑계로도 용서할 수 없다. 결코 인간 취급하지 말도록."

"예!"

에리아의 명령에 고문은 더욱 가혹해졌다.

죄인들의 비명은 아침이 될 때까지 이어졌다.

다음 날 오전.

아론은 광장에 참수대를 준비했다.

죄인을 공개 처형하기 위한 장소였다.

이 자리에는 어제보다 많은 백성들이 모였다.

모두가 죄인의 죄를 질타했지만, 군사들의 반응은 거칠었다.

'특수 정보부 대원 하나를 잃었지. 분명히 잡아먹혔을 것이니 저런 반응은 당연하다.'

재판과 형 집행이 끝나면 바로 백작령으로 진군할 예정이다.

이 때문에 기사와 병사들은 완전 무장을 한 채였다.

하나둘 죄인들이 끌려왔다.

300명의 생존자 중, 참수대 앞에 끌려 나온 인간이 200명에 달했다.

대부분 죄인이라고 봐도 무방한 수준이었다.

"쓰레기 같은 놈들!"

"저 새끼들 때문에 내 동생이 죽었다고!"

"우리 동료를 놈들이 먹었어!"

웅성웅성.

죄인들이 나타나자 반응이 더욱 거세졌다.

놈들이 식인을 했다는 소문이 퍼지는 순간 걷잡을 수 없었다.

어떻게든 결론을 내지 않으면 온갖 유언비어가 퍼질 것이 뻔했다.

아론은 신의 말씀을 대리하는 신성 군주였기에 도덕성에 대한 문제는 어떻게든 해결해야 했다.

증언은 최대한 교차 검증을 우선으로 하였지만, 단 한 명이라도 식인을 증언했다면 해당 병사는 사형수의 낙인을 찍었다.

이 문제는 단호할 필요가 있었다.

'이만하면 중세치고 양반이지.'

아론은 마음을 다잡았다.

다른 영주 같았으면 포로고 나발이고, 그 자리에서 생매장했을 것이다.

아론이 자리에서 일어나자 소란이 멎었다.

"식인에 가담한 죄인에게는 어떤 변명도 받지 않는다. 생각 같아서는 더 심한 고통을 주고 싶지만 시간이 없는 관계로 참수한다."

"우리는 악마에게 침식된 것뿐이다!"

"어쩔 수 없는 의지였다!"
"저놈들의 입을 막아라!"
"예!"
"으읍!"
죄인들의 입에 재갈이 물려졌다.
처리는 단호했다.
아론은 이들에게 사형을 선고하는 것에 대해 그 어떠한 죄책감도 없었다.
"성서에서조차 식인에 대한 언급이 없다. 있다고 한들 은유나 심상적인 맥락에서 기술된 것일 뿐이지. 그런 극악한 범죄는 신에게서 계시를 받은 선지자들조차 생각하지 못했다. 그러나 그런 일이 지금 일어났다."
"……."
그야말로 말세였다.
몬스터가 사람을 해치고 잡아먹는 경우는 흔했지만, 인간이 인간을 잡아먹은 행위는 세기말이 아니면 볼 수 없었다.
"여신의 이름으로 명한다. 모조리 죽여라."
"예!"
서걱!
"으으으읍!"
서걱! 서걱!

200명에 달하는 죄인의 목이 잘리며 피가 콸콸 쏟아졌다.

어제는 전사자의 피로 광장이 피에 젖었다면, 오늘은 죄인의 피로 물들어 대지가 검붉었다.

아론은 살아남은 포로들을 바라봤다.

"히이익!"

"살려 주십시오!"

"저희는 식인을 하지 않았습니다!"

"그 사실은 인정한다."

아론의 말에 죽음을 각오하고 있던 자들의 얼굴이 조금 밝아졌다.

그러나 형벌은 그다지 자비롭지 않았다.

"허나 너희들은 내 백성과 병사들을 공격했으며 목숨을 잃게 했다. 그 죄가 사라지는 것은 아니다."

병사들과 백성들은 모두 고개를 끄덕였다.

마기에 침식됐다고 아군을 상하게 한 죄를 없애는 것은 형평성이 맞지 않았다.

이 상황에 용서는 윤리적으로도 힘든 일이었다.

아론이 그들을 대충 교화해서 사용한다면 언젠가 영지 내부에서 균열이 일어날 것은 뻔했다.

내부 균열이 발생할 수 있는 모든 요소는 배제해야 마땅하다.

중세이기에 선고할 수 있는 형벌인 것이다.

"전원 노예형에 처한다. 광산으로 끌고 가라!"

"예!"

이것으로 재판이 끝났다.

백성들은 납득한 얼굴이었다.

아론이 생각하기에도 중세치고 매우 합리적인 판결이라고 생각했다.

이제 백작령으로 진군해야 할 때였다.

"30분 후 행군한다. 백작령을 쳐서 아군의 영토로 삼을 것이다."

오라클 영지 남쪽.

아론은 요새를 벗어나 500명의 병력을 동원한 후 진군했다.

중상자와 경상자는 모두 제외했고, 내부 청소를 위한 병력을 남겼다.

영토는 백작령이 붙어 있는 남쪽으로만 확장된 것이 아니다.

사방팔방으로 원을 그리며 넓어졌기에 그 안에 존재하는 모든 잔존 병력을 쓸어버려야 하는 것이다.

마물의 정리도 마찬가지였다.

이제 오라클 영지뿐만이 아니라 영지와 인접하고 있는

몇 개의 도시와 마을을 흡수해야 한다.

최대한 인구를 증가시켜야 했기에 구출 작전도 함께 시행했다.

200명 정도의 병력은 후방에 남은 것이 정말 최소한의 수치였다.

아론이 이런저런 생각에 잠겨 있을 때, 마이어 경이 말머리를 나란히 했다.

"주군, 백작령을 점령하여 그 안의 백성을 받아들인다고 해도 문제가 있을 겁니다."

"차별을 말하는 것인가."

"맞습니다. 악마에게 한 번 침식됐던 영지가 아니겠습니까? 영지 내부에서 이런저런 문제가 발생할 것이 분명합니다."

"그렇겠지."

아론은 속으로 한숨을 내쉬었다.

이놈의 게임은 문제를 하나 봉합하면 또 다른 곳에서 터지게 되어 있었다.

악마에 침식된 전력이 있었기에 기존 영지민들이 배척하게 될 것은 뻔한 일 아닌가.

뿐만 아니라 백작령 정도나 되는 거대한 영지를 집어삼키게 되면 지방 호족들의 반항도 충분히 예상됐다.

"생각이 있으십니까?"

"철저한 검증에 의해 백성으로 받아들여야 한다."

"쉽지 않은 작업이 될 겁니다."

"특수 정보부의 규모를 키우는 수밖에."

"예?"

아론의 뒤를 따르던 에리아 경은 자신도 모르게 큰 소리를 냈다.

"에리아 경, 영지의 미래를 위해서라도 죄인을 정확하게 솎아 내야 한다. 범위는 백작령 전체다. 이를 위해 특수 정보부 인력 확충을 위한 인사권을 주지. 할 수 있겠나?"

"맡겨만 주십시오!"

에리아 경의 눈동자가 반짝 빛났다.

아론은 골칫거리를 떠넘기려는 것이지만, 그녀의 입장에서는 큰 기회였다.

"믿겠다."

"결코 실망을 안겨 드리지 않겠습니다."

아론의 군대는 베르칸 영지 북쪽 요새 렌덴 1km 전방에서 진군을 멈추었다.

 이는 전투를 위한 조치였다.

 주력이 빠져나갔다고 해도 징집을 해서 버틴다면 공성을 해야 한다.

 정예 부대로 성문을 점령한 후 주력을 투입하든지, 야밤에 침투하는 등의 대책을 강구할 것이다.

 아론은 주둔지를 펼 준비를 함과 동시에 에리아 경을 보내 주변을 정찰하게 했다.

 베르칸 영지의 전체적인 지도는 머릿속에 담겨 있었지만, 게임과 현실은 다를 가능성이 있었으므로 지형을 그려 오게 했던 것이다.

명령을 내린 후에는 식사를 했다.

경계는 3교대로 했다.

설마 베르칸 영지 측에서 먼저 군대를 투사하지는 않겠지만, 사람 일은 알 수 없는 법이 아닌가.

소영주가 살아 있었으니 가정할 수 있는 모든 상황을 가정할 터였다.

[1052:44:21]

아론은 대충 육포를 씹으며 다음 웨이브까지 남아 있는 시간을 봤다.

"한 달 보름."

준비할 시간은 충분했다. 물론, 난이도는 이번보다 높아진다.

격렬한 방어전이 될 것이었으므로 어떻게 해서든 병력 1천을 확충하는 것이 중요했다.

생산력과 지배력 강화를 위한 지역 갈등을 해소하고, 인구 1만을 달성해야 한다.

여기저기 떠 있는 난민 표시는 그런 의도였다.

병력을 1천이나 유지하는데 인구가 1만도 되지 않는다면, 생산력이 저하되어 내부에서 골병이 들 것이다.

점점 스케일이 커지고 있다는 게 느껴졌다.

"겨울 전투 전까지 완벽하게 내정을 시행해야겠지. 내정 2단계에 들어가야만 한다."

벌써부터 어깨가 무거웠다.

한 달 보름이라는 시간은 넉넉해 보여도 실상은 그렇지 않았다.

이것저것 준비하다 보면 금방 지나갈 것이다.

한정된 시간을 어떻게 사용하느냐가 공략의 핵심이었다.

미래를 떠올리니 머리가 복잡해졌다.

펄럭!

"주군!"

"에리아 경 아닌가."

아론은 고개를 갸웃거렸다.

그녀를 보낸 지 불과 30분도 지나지 않았다.

벌써 돌아온 것을 보니 뭔가 일이 생긴 모양이었다.

"굳이 공성전을 준비할 필요가 없게 됐습니다."

"어째서?"

"성문이 열려 있습니다. 성벽에는 백기가 올라와 있고요."

"항복했다는 뜻인가?"

"그런 것 같습니다."

"식사를 마친 후 병력을 준비하라."

에리아 경은 경례를 마치고 막사를 나갔다.

아론은 뭔가 이색적인 상황에 고개를 갸웃거렸다.

"알렉스 베르칸, 소영주가 움직였나."

등장하는 NPC의 성향은 매 회차마다 바뀌기도 한다.

알렉스 베르칸도 그런 인물 중 하나였다.

그의 성향은 두 가지로 나뉘었다.

백작에게 침식되었거나, 신앙으로 극복했거나.

"후자였으면 좋겠는데."

신성 군주를 표방하는 아론.

알렉스 베르칸이 깊은 신앙심을 가지고 있다면 요리하기가 퍽 쉬울 것이다.

베르칸 영지 최북단 렌덴 요새.

어제까지만 해도 알렉스 베르칸 소영주는 아버지의 말을 거역한 대가로 감옥에 갇혀 있었다.

평소 신앙심 깊었던 그는 백작인 아버지가 악마에게 침식되었다는 사실을 도저히 믿을 수가 없었다.

문제는 그뿐만이 아니다.

병사들과 백성의 일부까지 침식되어 매일 끔찍한 일이 벌어졌다.

침식된 병사들은 백성들을 납치해 잡아먹었으며 몹시 폭력적으로 변했으니, 영지 전체가 공포에 떨었다.

알렉스는 백작가 소영주로서 그런 참상을 막기 위해 노

력했다.

그러던 어느 날.

백작의 정책에 반대하던 알렉스는 영주성으로 끌려갔다.

[너는 내 후계자다. 마신의 자비를 받도록 하여라.]

[결코 그런 일은 벌어지지 않습니다. 아버지! 제발 정신 좀 차리십시오!]

[이놈! 여신은 인간을 버렸다. 인간을 버린 신에게 기도하는 것이 과연 옳은 일이냐?]

[여신께서 인간을 버리다니요? 결코 그렇지 않습니다. 오히려 인류의 영토를 수복해 나가고 있습니다. 오라클 남작은 베일리의 사도로서 신의 영역을 확장해 나가고 있는 겁니다. 지금이라도 회개하시고 여신께 기도드리시죠!]

[닥쳐라, 이 무능한 녀석!]

그날, 알렉스는 백작에게 무척 심하게 반발했다가 감옥에 갇히고 말았다.

그가 말릴 사이도 없이 백작은 침식된 군대를 이끌고 오라클 영지를 침공했다.

그리고 기적이 일어났다.

백작이 군대를 이끌고 간 지 하루도 지나지 않아 검은 마기에 가려져 있던 땅이 빛의 힘에 의해 수복된 것이다.

신성 보호막은 영주성을 지나 한참이나 뻗어 나갔다.

여신의 힘으로 신의 영토가 확장된 것이다.

결국 악은 패배했다.

알렉스는 간수에 의해 풀려나 곧바로 렌덴 요새로 향했다.

신성 군주가 악마의 군대를 격파한 것이라면 신의 영지를 회복하기 위해 진군할 것이 뻔했기 때문이다.

그리고 오늘, 여신의 군대가 나타났다.

[신성 군주의 깃발이다! 어서 성문을 열어라!]

[소영주님! 이대로 오라클 남작을 들이게 되면 영지를 넘기는 것이나 다름없습니다!]

[여신께 영지를 반납하는 것이다. 신성 군주는 베일리의 사도이며, 우리를 인도해 줄 수 있는 유일한 존재다.]

병사들은 납득하지 않았지만, 알렉스는 백기를 내걸고 항복할 것을 강행했다.

여신 베일리에게 귀부하는 것은 당연한 일이었다.

이 결단으로 남아 있는 가신과 병사들 사이에서는 말들이 많았다.

찬성하는 쪽과 반대하는 쪽, 중립을 지키는 쪽으로 갈린 것이다.

하지만.

'여신의 사도라면 백작가 모든 사람을 통합할 것이다.'

알렉스 베르칸은 광신적으로 눈을 반짝였다.

아버지가 죽은 것?

개의치 않는다.

혈연이라고 한들 악마에게 영혼을 팔아먹고 영지를 지옥에 빠뜨린 인간은 아버지가 아닌 악마의 하수인일 뿐이었다.

알렉스는 성문을 열고 마중을 나갔다.

여신의 군대가 진군해 왔다.

백색의 갑주를 두르고 광휘를 뿜어내고 있는 자.

그가 바로 신성 군주 아론 오라클이었다.

털썩.

알렉스는 신성 군주의 발치에 무릎을 꿇었다.

"신의 백성을 천국으로 인도하소서. 베일리의 유일한 사도시여!"

휘이잉.

서늘해진 바람과 맑은 공기.

일견 평화로워 보이는 모습이었다.

그러나 아론의 앞에 보이는 백작가 군대와 아군 사이에서는 묘한 기류가 흘렀다.

'마기에 침식되었던 영지다. 그 가운데 지도자가 광신도라니, 무슨 문제가 발생할지는 뻔하다.'

베르칸 백작령의 소영주 알렉스.

게임 설정상, 그는 극단적인 성향을 오간다.

악마에 완전히 침식되어 아버지보다 더한 악마가 되거나, 신의 권위를 광적으로 신봉하는 광신도가 되거나.

직접 만나 보니 전자는 아니었다.

종교에 대한 과한 집착을 보이는 것을 보면 심각한 상황까지는 아니었다.

문제는 그를 따르는 가신들의 생각이 갈렸다는 것이다.

병사들도 마찬가지였다.

'단호하면서도 세심한 경영을 하지 않으면 문제가 발생한다.'

디펜스 워는 단순히 쳐들어오는 적만 막는다고 끝나는 게임이 아니다.

경영과 전략 시뮬레이션이 합쳐져 있었으며, 챕터에 따라서는 정치적인 능력을 시험하기도 한다.

지금이 딱 그런 상황이었다.

"그대가 베르칸 백작가의 주인 알렉스인가."

"부족하지만 지금은 제가 백작령을 이끌고 있습니다."

"백기를 걸었더군. 나는 화평이 아닌 점령을 위해 왔다. 이곳은 악마에 잠식된 땅이었으나 여신의 영토가 될 것이다. 나는 그분의 권위를 빌려 여신의 영토를 다스리는 자. 어중간한 관계는 용납지 못한다."

"오오! 지당하신 말씀이십니다, 베일리의 사도시여! 저는 여신의 충실한 종이나이다. 부디 이 인장을 받아 주소서!"

"……!"

알렉스는 가문의 인장을 내밀었다.

보통 영주의 인장은 반지의 형태로 제작된다.

베르킨 백작의 손가락에서 가문의 인장을 찾을 수 없었는데, 영주성에 놓고 출병한 모양이었다.

알렉스의 파격적인 행동에 백작가 가신들은 똥(소태) 씹은 듯 얼굴을 일그러뜨렸다.

"아니, 소영주님! 상의도 없이 백작령을 통째로 바치신다니요!"

"닥쳐라! 여신의 땅에 기거하게 될 신의 전사로서 당연한 일이니라!"

"하오나!"

"반대는 불허한다."

"……."

아론 휘하 기사들은 작게 한숨을 내쉬었다.

소영주와 가신의 반목.

화합되지 않는 병사들, 심지어 백성들마저 성향이 갈릴

것이다.

 앞으로 어떤 일이 벌어질지 뻔히 보였기에 걱정될 수밖에 없었다.

 백작가 가신들은 몸을 부들부들 떨었다.

 아론이 영토를 확장했다고 한들 작위가 고작 남작이었다.

 오라클 영지는 산간벽지에 처박혀 있다는 인식이 강했으므로 백작가 가신들의 입장에서는 이보다 더한 굴욕이 없었다.

 '일망타진해야겠군.'

 몰락 직전이라지만 백작 가문은 인구도 많았고, 여러 봉신으로 이루어져 있었다.

 각자 거느린 가병도 있을 것이기에 봉기를 일으킬 놈들도 몇 명은 됐다.

 반드시 문제를 만들어 낼 것이니 앞으로가 중요했다.

 아론은 우선 인장을 받아 들었다.

 "신의 신실한 백성인 알렉스 베르칸, 신성 군주께 충성하게 되어 무한한 영광이옵니다!"

 "이 영지의 미래에 대해서는 그대와 상의해 보아야 할 듯하다."

 "그러실 필요 없습니다."

 "반드시 필요한 절차다."

"신성 군주의 뜻이 그러시다면."

일단은 지금의 상황을 넘긴다.

백작가 가신, 병사들이 매우 불안해하고 있어 잘못하면 곧바로 전투가 벌어질 수도 있었기에 참사를 막고자 한 것이다.

머리부터 치기 위한 준비를 한다.

"마이어 경."

"예, 주군!"

"기사들을 이끌고 백작가 가신들과 안면이라도 트고 있도록."

"명을 받듭니다."

백작가 가신 일부의 얼굴이 와락 구겨졌다.

그러거나 말거나 아론은 알렉스를 따라 요새 지휘부에 입성했다.

렌덴 요새 지휘관 집무실.

투박하지만 견고한 건물 안에 몇몇 가구들이 놓여 있었다.

아론은 이곳에서 알렉스와 독대했다.

'분명 알렉스는 훌륭한 인재다.'

디펜스 워의 네임드 중 하나였으니, 그에 대한 정보를 잊을 리 없었다.

[마신의 광신도이거나 여신의 광신도.]

[극단적인 면이 있으며, 적이 되면 매우 피곤함.]

[아군으로 영입할 경우, 훌륭한 책사로서 많은 도움이 됨.]

[무력 자체는 보잘것없지만 군사 관련 업무를 보직으로 내리면 웬만한 일을 척척 처리하는 S급 인재.]

[알렉스가 여신의 광신도가 될 확률은 20% 정도로, 그를 영입하려 한다면 반드시 신정 일치 사회를 구현해야 함.]

[중간이란 없는 인간이니, 백작령에 입성한다면 알렉스를 이용해 우군을 확보한 후, 단숨에 지배력을 확립할 것.]

아론이 알렉스를 바라봤다.

눈을 반짝이는 것이 꽤나 부담스럽다.

이 역시 충성심에 의한 것이었기에 익숙해져야 한다.

"알렉스 베르칸, 경이라고 불러도 되겠나."

"물론입니다! 저는 여신의 종입니다. 그러니 소와 말처럼 부려 주십시오!"

"경이 내게 충성을 맹세한다면 가장 먼저 처리해야 할 일이 있다."

"베일리의 사도께 충성하는 것은 곧 여신께 충성하는 것. 당연한 일입니다."

"신의 명령이다. 백작령 내 존재하는 악신의 잔재를 완전히 말소한다. 이는 가신, 병사, 백성에까지 해당하는 일이니 반드시 이행되어야 할지어다."

"오오!"

쿵!

알렉스는 무릎을 꿇고 바닥에 머리를 찧었다.

어디서 본 건 있는 모양이었다.

"신께서 함께하시니 내게 부족함이 없을 것이라! 주군의 명령을 따르옵니다!"

"그 일단계 전략으로 가신부터 손본다."

"예, 주군!"

이것으로 됐다.

백작 가문 가신 중, 마음에 안 드는 놈은 모조리 쓸어버린 후 시작할 수 있을 것이다.

렌덴 요새 연무장.

신성 군주와 알렉스 소영주가 담판을 짓기 위해 독대에 들어갔다.

곧바로 전투가 벌어질 수도 있는 분위기였으나, 현명한 아론 오라클의 대처로 약간의 시간을 번 것이다.

'어떤 일이 벌어져도 이상하지 않다.'

양측 기사들은 검집에 손을 댄 채였고, 병사들 역시 창을 반쯤 기울였다.

마이어 제렌스는 냉정하게 양측의 전력을 평가했다.

'차라리 일이 터졌으면 좋겠군. 백작령의 전력은 매우 약화되었고, 요새 안에서 전투를 벌이면 필승이다. 백작가 가신들이 이렇게 나오는 것은 주군께서 강경하게 나오지 않았기 때문이지. 최대한 병력을 편입하기 위한 전략임을 모르는 어리석은 것들이 아군의 전력을 오판하고 있다.'

백작 가문의 이런 모습은 만용일 수밖에 없다.

마이어는 찬찬히 백작령 가신들의 얼굴을 살폈다.

산간벽지를 다스리는 남작이 쳐들어왔다고는 해도, 자기 객관화가 잘 되어 있는 인재들이 분명 있었다.

전력을 냉정하게 평가해 알아서 자세를 낮추는 것.

하지만 과거의 망령에 사로잡혀 분개하는 멍청이들이 문제다.

특히 백작의 봉신 바스란 남작이 사람들을 선동했다.

"다들 정신 똑바로 차려야 할 것이야. 이 영광스러운 땅을 고작 남작 따위에게 내어 줄 것인가?"

"하지만 객관적으로 전력 차이가 극심합니다."

"남작의 병사들은 징집병이다. 대귀족 가문이 패배할 리 없다."

"웃기고 있군."

"……."

'그래, 말도르 경이 가만있으면 섭섭하지.'

주군의 명령에 따라 백작령 기사들과 안면은 트지 않더라도 크게 문제를 일으키지 않고 있었다.

문제는 저쪽에서 먼저 시비를 걸었을 때다.

대놓고 오라클 가문을 무시한다면 적절하게 대응할 필요가 있었다.

"남작 가문의 기사 따위가 감히 귀족에게 막말을 지껄인 것이냐?"

"하하하! 주군께서 가라사대, 자기 객관화가 되어 있지 않는 자는 반드시 파멸할 것이라 말씀하셨다. 네놈은 지금 크게 착각하고 있는 거야. 우리가 고작 한 줌도 되지 않는 병력을 격파하지 못해 이러는 거라 생각하나? 주군께서는 병력의 피해를 최소화하기 위해 자비를 베푸는 것이다. 그조차 이해하지 못하는 저능아는 혼돈의 세대를 살아갈 가치가 없다."

"뭣이!? 기사 따위가 감히……!"

"흐흐, 검을 뽑는 순간 네놈의 머리통은 바닥을 뒹군다. 자신 있으면 뽑아라."

"이…… 이!"

"나는 신의 가호를 받는 자, 말도르 카브란이다."

바스란 남작은 살을 푸들푸들 떨고 있을 뿐, 감히 검을 뽑지 못했다.

바스란 남작이 좀 더 나갔으면 정말 칼부림이 일어났을

수도 있었지만, 불행인지 다행인지 유혈 사태로는 번지지 않았다.

양측의 분위기가 더욱 첨예하게 흘러가는 가운데, 지휘관 집무실에서 신성 군주와 알렉스 소영주가 걸어 나왔다.

"주군께서 나오신다!"

"소영주께서 오십니다."

웅성웅성.

그들의 모습에 오라클 가문 측은 미소를 지었고, 베르칸 백작 측의 얼굴은 잔뜩 찡그러져 있었다.

누가 봐도 알렉스 소영주가 오라클 남작을 받드는 모습이었기 때문이다.

'다행히 연무장에 피가 흐르지는 않았군.'

아론이 약간의 시간을 가진 것은 유혈 사태를 막기 위함이었다.

이들을 힘으로 제압할 수도 있었지만 전투가 벌어지면 미래의 병력을 줄이는 꼴이 된다.

말도르 카브란이 난리를 치지 않을까 싶었는데, 딱히 큰 문제는 일으키지 않은 것 같았다.

아론은 양쪽 가신들이 모인 한가운데에 섰다.

알렉스 베르칸은 아론의 뒤에 공손하게 손을 모은 채였다.

"오라클 가문은 여신 베일리께서 내려 주신 권한으로 베르칸 가문을 인수한다."

"……!"

"아니, 그것은!"

아론이 손을 들어 백작가 가신들의 입을 막았다.

"전 대륙이 무너지고 있다. 세속의 법은 무너졌으니, 천상의 법으로 세상을 다스려야 한다. 이는 여신께서 원하신 바, 그것을 거부하는 자가 있다면."

서걱!

푸하하학!

"헉!"

"남작님!"

아론이 빠르게 검을 뽑아 바스란 남작의 목부터 날려 버렸다.

그와 동시에.

쾅!

지면을 박차며 올랐다.

그의 머릿속에는 살생부 리스트가 작성되어 있었다.

당장은 아니더라도 언젠가는 배신할 자들을 미리 쳐 낸다.

그 작업은 지금이 아니라면 할 수 없었다.

'악마 침식자 오델로 준남작.'

푸하하학!

아론의 검이 움직이자 오델로 준남작의 목이 떨어졌다.

사방으로 피가 튀었다.

백작령 기사들이 놀라 검만 뽑은 채 움직이지 못했다.

유혈 사태는 결국 아론의 손에서 일어났다.

오라클 가문의 병사들이 백작 가문의 가신들과 기사들을 둘러쌌다.

숫자는 절대적으로 아군이 유리한 상황이었다.

여기에 알렉스 소영주의 말이 결정적이었다.

"모두 여신의 심판을 받아들이지 못할까!"

"……."

"그 검을 집어넣지 않는 자, 모두 죽으리라."

푸하학!

아론은 이 순간에도 척살을 이어 갔다.

백작가 기사들은 우왕좌왕하다 검을 집어넣었다.

순식간에 열 명이 넘는 사람의 목이 떨어졌다.

숙청을 끝낸 아론은 검의 핏물을 털어 냈다.

충격이 장내를 지배했다.

그러거나 말거나 아론은 사태를 빠르게 종결시켰다.

"목이 떨어진 자들의 영지, 장원을 몰수한다. 어서 움직여라!"

"예, 주군!"

아론이 베르칸 가문의 기사들과 병사들을 바라봤다.

"순순히 조사에 응하라. 악마에 잠식되어 범죄를 일으킨 자는 그 대가를 받게 될 것이야."

백작 가문의 기사들과 병사들, 가신들까지 줄줄이 엮였다.

죄가 밝혀질 때까지 조사해 대규모 숙청을 단행하는 것이다.

그 과정에 망설임이 있어서는 안 된다.

지금은 단호함을 보일 때였다.

어느 정도 정리가 끝났다.

아론이 직접 움직여 백작 가문 가신의 반을 날려 버린 덕분에 반항하는 자도 없었다.

몇몇 기사들이 반항하다 즉결 처분되었다.

병사들도 마찬가지였다.

아론의 검에는 망설임이 없었고, 압송하는 아군 병사들도 마찬가지였다.

말도르 카브란이 그 광경을 보며 웃었다.

"속이 다 시원합니다! 악마 추종자들은 무조건 척살함이 옳지요."

"앞으로 악마의 침식은 더욱 심해질 것이니, 철저하게 짚고 가야지."

"주군께서 계시니 문제없습니다."

툭.

아론이 인벤토리에서 성기사의 대검을 꺼내 말도르 경에게 던져 주었다.

"어? 이건?"

"예비 성기사단장의 징표다."

"오오!"

"물론 아직은 아니다. 정식으로 창설될 만큼의 숫자도 없지. 허나 그건 경이 하기에 달렸다."

"제가 하기에 달렸다는 말씀은……?"

"경은 성기사지. 병사들 가운데 성기사 자질을 보이는 자들이 있다는 사실을 알고 있을 거야."

"예, 느낄 수 있습니다."

"그들을 모아 훈련하라. 기사단 최소 조건인 10명을 채운다면 성기사단을 창설할 것이다."

"맡겨만 주십시오!"

말도르 경이 눈을 빛냈다.

성기사단 창설.

베일리 교단을 재건하는 최소한의 조건이 될 것이다.

물론, 아직은 갈 길이 멀었다.

에리아 미리엄은 대대적인 조사에 앞서 특수 정보부를 팽창시키기 위해 움직였다.

그녀는 신성 군주로부터 인사권을 받았다.

이는 웬만한 신뢰를 얻지 않고는 불가능한 일이었다.

특수 정보부 정도의 무력 단체라면 영지를 구성하는 한 축으로 성장할 수 있었다.

인원 제한 없는 인사권을 휘두르면 영지의 발전과 함께 거대한 조직으로 발돋움할 것이다.

베르칸 영지 본령 부근 야산.

마이어 경이 이끄는 토벌 부대가 마물을 완전히 척살한 후 특수 정보부 임시 주둔지를 만들었다.

정보부장 에리아를 비롯해 기존 4인의 병사들은 간부가 되었다.

이곳에 20명의 병사가 모집되었다.

영지군 내에서도 발 빠른 자들을 추렸고, 간부들이 접근해 전출될 의사가 있는지를 물었다.

기사가 되는 것이 꿈이거나 다른 목표가 있는 자들은 거부했지만, 뜻이 있는 자들은 정보부에 지원했다.

남녀 비율은 1:1 정도.

오직 실력만으로 추렸기에 군기도 엄정했다.

에리아의 부관이자 정보부 참모장 아렌시아가 병사들에게 외쳤다.

"부장님 훈시."

척척!

총원이 24명에 불과했지만 한 치의 흐트러짐도 없었다.

에리아는 담담한 눈으로 새로 배속된 대원들을 내려다봤다.

"우리는 영지에서 새로 출범하게 되는 특수 정보부다. 추후 오라클 신성 왕국이 성립된다면 왕국 정보부로 개편된다. 국가 세력의 한 축이 된다는 뜻이지. 미리 정보부에 지원한 제군들은 왕국 정보부 간부가 될 것이다."

"……!"

에리아 미리엄은 웅대한 포부를 밝혔다.

누구도 그녀의 말을 의심하지 않았다.

오라클 영지는 몇 개의 영지를 집어삼키며 덩치를 불려 나가고 있었다.

이번에는 무려 백작령이다.

웨이브를 한 번 겪을 때마다 신성 보호막은 더욱 확장되었으니, 머지않아 왕국 급의 넓이를 가진 영지가 탄생할 것이다.

"신성 오라클 왕국은 점점 넓어져 마신에 대항하는 유일한 세력이 될 것이므로 제군들의 역할은 그 어느 때보다 크다. 지금 우리가 맡은 임무는 백작령에 남아 있는 모든 적대 세력을 색출하는 것. 신성 왕국의 기틀을 잡는 작업이니, 얼마나 중요한지 더 이상 강조하지 않겠다. 다들 출세를 위해 목숨을 걸 각오가 되었나?"

"이 목숨을 신성 군주께!"

"가라! 제군들이 능력을 보일 때다."

4명의 간부들이 각각 5명씩을 이끌고 사라졌다.

에리아는 요원들과 다르게 혼자 움직이기로 했다.

요원들이 백작령 기사단과 병사들을 조사한다면, 그녀는 백작 가문 가신을 철저하게 조사할 방침이었다.

그날 밤.

베르칸 가문이 항복한 첫날이었기에 할 일이 산더미처럼 쌓였다.

아론은 모든 기사들에게 각각의 임무를 전달하였지만, 본인은 집무실에서 벗어나지 못했다.

무려 백작령을 흡수하는 과정이었다.

몰락을 거듭했다지만 지금까지 확인된 영지민의 숫자만 5천이 넘었다.

흡수가 끝나면 오라클 가문은 두 배 이상 성장할 것이다.

웨이브는 점점 더 막기가 버거워질 것이기에 철저하게 베르칸 영지를 흡수해야 한다.

똑똑.

"들어와."

노크 소리가 들려도 아론은 펜을 내려놓지 못했다.

당장 인구와 병력 현황을 파악하는 것만으로도 바빴다.

그를 찾은 가신은 에리아 경이었다.

"주군! 베르칸 가문 가신들에 대한 조사가 대략 끝났습니다."

"빠르군."

"가문의 기사 대부분이 사망한 결과입니다. 가신들 역시 몇 남지 않았습니다."

"문제가 있는 자가 있었나."

"아란테 남작입니다. 중앙에서 작위를 받은 자는 아니고 백작의 봉신입니다."

백작은 대귀족이다.

봉건제의 특성에 따라 백작령에서만 신분이 보장되는 봉신 남작을 둘 수 있었다.

아란테 남작은 그런 지방 귀족 봉신이었으나, 오랜 시간 이 땅에 뿌리내려 세력이 꽤 컸다.

"놈의 움직임은?"

"상황이 불리하다는 것을 깨달았는지 가산을 정리하고 있습니다."

"도주를 준비 중인가?"

"예, 어찌 처리할까요?"

꽈드득!

아론은 몇 시간 만에 자리에서 일어나 몸을 풀었다.

움직이지 않았던 뼈마디가 비명을 질렀다.

"직접 간다. 책상에만 앉아 있었더니 죽을 지경이다."

물론 그건 핑계였다.

'아란테 영지 비밀 창고에 좋은 걸 숨기고 있지. 남작도 그 사실은 알지 못했을 거야.'

베르칸 백작령 예하 아란테 남작령.

아란테 가문은 오래전 베르칸 가문이 대귀족으로 승작할 당시, 큰 공을 세워 초대 베르칸 백작으로부터 작위를 받았다.

작은 장원에서부터 시작한 남작령은 지금에 이르러 베르칸 영지 3대 축이 될 정도로 성장했고, 병력도 500이나 유지하던 대규모 영지다.

그러나 마물의 오랜 침공으로 병력이 줄었고, 얼마 전에는 오라클 영지 침공에 전 병력을 털어 넣으며 고작 수십의 가병만 남아 있었다.

백작이 사망하기 전, 그는 백작령 내정을 담당했으며 방어군을 지휘했다.

문제는 백작이 사망하고부터다.

본대를 격파한 오라클 남작은 대규모 군대를 이끌고 침공해 왔다.

전쟁에서 승리한다고 한들, 마물 때문에 영지가 무너질 것이 뻔했기에 이웃 영지로 망명을 택했다.

"빌어먹을! 어쩌다 내가 이렇게……!"

그의 행색은 매우 초라했다.

눈에 띄게 도주했다가는 뒤를 잡힐 것이 분명했으므로 난민으로 위장해야만 했다.

재산은 그리 많이 챙기지 못했다.

대륙 전체가 망해 가고 있었기에 중요한 것은 식량이었다.

패물도 비싼 것만 가져왔다.

그의 직계 가족과 가문의 기사 한 명, 가병 20명으로 이루어진 무리는 지하수로로 이동했다.

"남작님, 굳이 이렇게까지 도주를 해야 합니까? 신성 보호막을 벗어나면 죽는다는 소문이 있습니다."

"이런 멍청한 놈! 우리는 악마에게 침식됐었다. 경도 식인을 한 기억이 있지 않나? 그는 신성 군주를 표방하는데 우릴 살려 둘 것 같으냐?"

"사정을 말하면 필시……."

"어림없다. 모두 죽을 것이야."

남작은 고개를 흔들었다.

백작에 의해 침식되었지만 그 강렬한 힘에 취해 날뛰었던 것이 사실이다.

영지민을 납치해 잡아먹었으며, 온갖 범죄를 저질렀다.

오라클 남작이 정말로 베일리의 사도인지는 몰라도 신정

일치를 자처하였다면 잡히는 순간 죽을 것이다.

"빨리빨리 이동해라!"

썩은 냄새가 진동하는 지하수로.

온몸은 축축해지고 입에서는 단내가 올라왔다.

체력이 한계에 부딪치고 있었지만, 결코 멈추지 않았다.

조금이라도 늦으면 추격대가 붙었다.

마차도 준비되어 있지 않은 상태에서 뒤를 잡히면 그대로 쓸려 나갈 것이 틀림없었다.

'밖으로 나가는 순간, 관도가 아닌 숲으로 다녀야 한다. 그래야 살아남을 수 있다.'

이마에서 식은땀이 흘렀다.

호흡이 가빠오고 온몸에서 힘이 빠졌다.

다른 사람에게는 악마의 침식이 저주였는지 몰라도 그에게는 축복이었다.

지금까지 느껴지는 허탈감이 그의 발목을 더욱 잡아끌었다.

우여곡절은 있었지만, 마침내.

"밖이다!"

맑은 공기가 쏟아져 들어왔다.

온갖 오물이 흘러 들어오는 지하수로는 사람이 지나다닐 곳이 아니었다.

밝은 빛에 눈이 적응했다.

"남작, 어딜 그리 급하게 가시나?"

"오, 오라클 남작!?"

"여기까지 온다고 고생은 했지만, 그 목을 내어 주어야겠다."

서걱!

아란테 남작의 목이 바닥으로 떨어졌다.

그는 여전히 믿을 수가 없다는 표정을 짓고 있었다.

아론은 에리아 경과 휘하 대원들을 치하했다.

"고생했다. 제군들이 아니었다면 이렇게 쉽게 잡을 수는 없었을 거야."

"당연한 일을 했을 뿐입니다!"

"마음에 드는 대답이다."

"과연 신성 군주이십니다!"

"……."

굳이 여기까지 쫓아온 알렉스가 광기를 드러냈다.

그는 직접 검을 들어 아란테 남작가의 가신과 직계 가족들을 베어 냈다.

피가 사방으로 튀며 목이 바닥에 떨어졌다.

그럼에도 그는 눈 하나 깜짝하지 않았다.

오히려 바닥에 굴러다니는 머리통을 높게 치켜들고 여신께 기도했다.

"여신 베일리여, 당신의 종이 제물을 바치나이다. 부디 흡족해하시고 이 어리석은 종을 올바른 길로 인도하소서."

알렉스의 모습에 성기사로 전직(?)한 말도르조차 혀를 내둘렀다.

"진정 여신의 종입니다. 아름다운 모습이군요."

"아름답다고 표현하는 것이 맞나?"

"물론이지요. 아란테 남작과 그 가솔들은 사람의 살과 피를 탐했던 괴물입니다. 여신의 적을 잡아 제물로 바쳤으니 여신께서도 흡족해하실 겁니다."

"오오, 말도르 경! 경의 말이 지극히 옳소."

"제법 신앙심이 깊으시군요. 미처 몰랐습니다."

"하하하! 베일리께서는 시련을 주셨고, 우리는 고난으로 재련되는 중이지. 앞으로도 악마의 자식들을 베어 산처럼 쌓을 것이니 경께서 도와주시구려."

"물론입니다. 저는 알렉스 경의 신앙심에 깊은 감명을 받았습니다."

아론은 그 광경을 보며 고개를 흔들었다.

아주 잘 어울리는 한 쌍이었다.

이어서 특수 정보부 요원이 달려와 아론에게 보고했다.

"영주님! 아란테 남작령에서 비밀 창고를 발견했습니다."

"무엇이 들어 있던가?"

"골동품과 보석이 쌓여 있던데, 어찌 처리할까요?"

"모두 본령으로 옮기도록. 여신께 제물로 바칠 것이다."

"예!"

아론은 그렇게 명령한 후, 아란테 남작령을 방문하기로 했다.

특수 정보부 요원은 비밀 창고를 발견했다지만 아론은 알고 있었다.

비밀 창고 속의 비밀 창고를 말이다.

아란테 남작령.

백작과 봉신 계약을 맺은 남작이지만 오랜 시간 발전에 힘쓴 결과, 예전에는 인구를 5천이나 가지고 있었다.

군대는 평시 300, 전시 500명 정도로 본령으로부터 지원받아 제법 큰 규모를 운영했다고 한다.

하지만 지금은 군대가 남아 있지 않아 치안 유지조차 곤란했다.

아론이 군대를 보내고 나서야 치안이 잡혔으니, 영지는 개판이 따로 없었다.

남작령에는 불안감이 감돌았다.

대규모 군대가 들어오자 모두 집으로 들어가 문을 걸어 잠갔다.

"주군, 남작령뿐만이 아니라 백작령 전체가 불안합니다."

"대대적인 조사에 들어갔기 때문인가."

"예, 특히 식인에 손을 댄 백성들은 두려움에 떨고 있죠. 여기저기서 봉기가 일어나기 직전입니다."

"어쩔 수 없다. 미래를 위해서라도 전부 숙청한다."

"예."

레미나 경의 보고에 아론은 단호하게 대처했다.

처벌에 대한 기준은 세웠다.

기사 가문까지는 연좌제를 적용해 가족들을 노예로 만든다.

식인에 직접 가담한 자들은 살려 둘 수 없었다.

혐의가 적용되면 무조건 사형이었다.

영주성 앞에는 금은보화가 몇 수레나 실려 있었다.

현재에 이르러 재화는 쓰레기로 여겨지고 있었지만, 아론에게는 아니었다.

소모품 상자를 구입할 수 있었기에 이 거대한 영지를 부양하는데 사용될 것이다.

"여깁니다."

에리아 경의 안내에 따라 비밀 창고에 이르렀다.

병사들은 금화 한 닢 남기지 않고 알뜰하게 쓸어 갔다.

모두가 금을 여신께 바치면 식량을 내려 준다는 사실을 알았다. 그 가치를 인지하고 있었기에 영주성 전체를 탈탈 턴 것이다.

저벅. 저벅.

창고는 깔끔하게 비어 있었다.

3평이 채 되지 않는 규모로, 아론은 창고 구석으로 이동했다.

벽에 난 작은 홈이 입구를 열 수 있는 열쇠였는데, 아무도 거기까지는 생각하지 못한 것 같았다.

아론이 홈에 손가락을 집어넣었다.

달칵.

숨겨진 버튼을 누르자 벽이 반대쪽으로 돌아갔다.

에리아 경은 흠칫했다.

"아니, 여긴?"

"여신의 인도하심이지."

"그, 그렇군요."

굳이 설명이 필요는 없다.

여신에게 직접 계시를 받는다는 것이 콘셉트였으니, 자잘한 명분을 내세울 이유가 없는 것이다.

비밀 창고 안의 비밀 창고.

작은 테이블 위에 영롱하게 빛나는 보석이 있었다.

스킬 엘릭서.
스킬 포인트 +1.

디펜스 워의 엘릭서는 두 종류가 있다.

하나는 스탯을 올려 주었고, 하나는 스킬 포인트를 올려 준다.

가치를 따지면 단연 스킬 포인트가 높다.

아론이 엘릭서를 잡고 터뜨리자 밝은 빛과 함께 흡수됐다.

[스킬 포인트를 얻었습니다.]

고양감에 몸이 떨려 왔다.

그 감각을 만끽하던 아론은 바로 포인트를 투자했다.

신성의 오라 LV.4
사방 150m 내에 신성의 오라가 발현.
HP 회복률 +4
언데드에 대한 대미지 +4

신성 군주의 기본 스킬이다.

이번에 얻은 포인트는 불로 소득이었기에 다른 스킬에 투자하기보다는 이렇듯 기본기를 올리는데 써야 한다.

150m 반경 안의 모든 사람들이 HP를 회복한다면 사기에 큰 영향을 미친다.

레벨이 높아지니 효과도 상당했다.

개별 스킬인 힐만큼은 아니어도 회복력이 높아질 것이었으니 다음 챕터를 클리어하는데 상당한 도움이 될 것이다.

아론은 흡족하게 웃었다.

'이만하면 득템이지.'

아론은 이틀 동안 대대적인 조사를 벌였다.

외부적으로는 신성 보호막 안의 마물을 처리하는 한편, 농사를 장려하고 각 영지를 잇는 도로를 설치하는데 힘썼다.

내부적으로는 숙청에 심혈을 기울였다.

조사를 하는 과정에서 에리아 미리엄은 인력 부족에 시달려 한 가지 방법을 고안했다.

서로가 서로를 고발하게 만드는 것.

고발자에게는 포상으로 식량을 지급했다.

이 시대에 가장 가치 있는 물자를 포상으로 지급하자, 입을 닫고 있던 백성들이 서로를 고발하기에 이르렀다.

교차 검증이 가능하다면 곧바로 사형수로 전락한다.

그 숫자가 물경 300명이었다.

죄인에게는 전원 처형이 결정되었다.

베르칸 본령 광장에 사형대가 설치되었다.

'깔끔하게 목을 매달면 좋겠지만, 이 시대의 감수성을 생각해 보면 어쩔 수 없지.'

이 정도 죄를 저지른 죄수는 반드시 피를 봐야 한다.

군중은 자극을 원하였으므로 목을 매달아 죽이게 된다면 형벌이 너무 가볍다고 생각할 것이다.

형벌은 최종 참수형으로 결정했다.

화형을 시키자는 의견도 나왔지만, 기각했다.

한두 명도 아니고 300명 전원을 화형하려면 하루 종일 걸릴 것이다.

수많은 죄인을 처형하기 위해 아론은 기요틴을 고안했다.

기요틴은 프랑스 혁명 시기에 널리 사용된 처형 도구다.

나무로 만든 구조물 끝에 칼날을 달고 그것을 떨어뜨려 빠르게 목을 자르는 것이다.

원래 목표는 범죄자에게 인간적인 형벌을 제공한다는 취지인데, 아론의 목적은 병사들의 손에 최대한 피를 묻히지 않는 것에 있었다.

[그 많은 죄인의 피를 신의 전사들에게 묻힐 수는 없다. 그에 합당한 도구를 만들어 처형할 것이다.]

기요틴은 구조가 단순해 제작이 별로 어렵지 않았다.

오늘 처형되는 300명의 죄인들은 광장에 끌려와 죽음을 앞두었다.

"주군, 준비가 끝났습니다."

백작령의 백성들이 아론을 바라봤다.

그 한마디에 앞으로의 방침이 결정될 것이다.

신성 군주는 자비로움의 이미지를 가져야 했으나 범죄에 대해서는 매우 단호한 모습을 보여 주어야 한다.

신의 말씀을 기반으로 한 절대적인 질서.

"우리는 지금 시험대에 서 있다. 여신께서는 우리를 어둠 속의 등불이 되어 나아가라 이야기하셨으며 악마들은 언제나 그 앞을 가로막으며 방해할 것이다. 이번에 많은 이들이 악마의 시험을 받았던 것으로 안다. 그 시험을 극복한 자가 있는가 하면, 극복하지 못하여 범죄를 저지르고 식인에까지 손을 댄 자들이 있다. 이는 인간의 존엄에 대한 문제이며, 신의 섭리를 위반한 심각한 범죄다. 중죄는 엄중하게 다루어야 하는 바, 여신의 이름으로 처형한다."

이날, 300명에 달하는 범죄자들의 피가 광장에 흘렀다.

대규모 숙청이 단행되었으며, 누구도 신의 말씀을 거역할 수 없도록 만들었다.

거대 영지를 운영하기 위한 최소한의 기틀을 다진 것이다.

베르칸 영지를 점령한 지 5일째.

거대한 영토를 흡수하는 것은 여전히 쉽지 않은 작업이라 할 일이 잔뜩 쌓여 있었으나 회의를 한 번 하긴 해야 했다.

여러 안건을 가신들도 알아야 했으니까.

아론이 중시하는 것은 업무의 효율성이다.

군주 혼자서 처리할 수 있는 업무의 양은 정해져 있었기에, 전체적으로 상황이 어떻게 돌아가는지 다들 인지할 필요가 있었다.

베르칸 본령 영주성.

오라클 영지에 비한다면 비교조차 할 수 없을 정도로 고풍스러운 건물이다.

대귀족의 영주성답게 화려함은 왕성과 비견되었으며, 새하얀 대리석이 무척 인상적이었다.

지금은 가치를 잃은 고미술품과 장식이 화려함을 더했다.

아론이 영주의 좌에 앉았다.

좌우로 가신들이 서 있었는데, 이 넓은 대전에 숫자가 몇 되지 않는다는 것이 문제였다.

'역시 인재를 늘려야 할 필요가 있다.'

아론은 그 점부터 지적했다.

"문관들에게 묻겠다. 하급 관료가 부족하지는 않나."

"매우 부족합니다."

"몸이 열 개라도 부족할 판이죠."

"사는 게 사는 것이 아니에요."

영지의 대표적인 문관은 네 명이다.

행정부 레미나 경.

재무부 카일 경.

농림부 레냐.

통계부 샤론.

나머지는 무관이었는데, 글을 읽고 쓰는 사람이 부족해 기사들까지 동원돼 행정 업무를 보고 있었다.

이는 매우 비효율적인 일 처리였다.

"기사들은 어찌 생각하나?"

"사실 기사는 군사 관련 업무만 보아도 일손이 부족합니다. 행정 부분에서 워낙 일손이 부족해 어쩔 수 없이 돕고 있지만 바람직한 상황은 아니라고 봅니다."

기사들을 대표해 마이어 경이 말했다.

아론도 그 점을 깊게 공감했다.

"하여 한 가지 방법을 강구해 봤다."

"귀를 열고 경청하겠습니다."

"최근 교단이 재건되고 있지. 세이라 양을 대주교의 직책에 봉하고, 휘하에 신관을 배치하며 신께 봉사하는 사제를 육성하고 있다. 맞나?"

"네, 맞아요."

"교단의 인재들에게 업무를 분담하게 하면 안 되겠나."

"교단에서요!?"

세이라가 깜짝 놀라 반문했다.

베일리 교단 본 단은 베론 왕국이 아닌 제국에 있었다.

디펜스 워의 스토리상, 본 단은 완전히 궤멸했고 전 세계에 퍼져 있던 지부들조차 힘을 잃고 쇠락했다.

교단을 처음부터 재건해야 하는 만큼 세이라가 주축이 되어 맨땅에 헤딩하고 있었다.

"불가능한 일은 아니라고 생각한다. 교단에서 뽑는 사람들은 전부 문자를 읽고 이해할 수 있어야 하니까."

"그건 그렇지만……. 교단이 정치에 개입하는 것이 과연 옳은 일일까요?"

"오라클 영지는 신정 일치를 구현했지. 교단의 일이 곧 정치의 일이다."

아론은 강력하게 주장했다.

모든 일에는 명분이 있어야 한다.

문명의 방향이 신앙인데, 굳이 교단과 정치의 일을 나눌 필요가 없었다.

문관들의 눈이 번쩍 뜨였다.

"성서를 읽는다는 자체가 이미 검증된 인재라는 뜻이죠."

"허허허! 매우 합당한 처사라고 보입니다."

"농림부에도 배속해 주세요!"

"숫자를 읽고 쓴다면 통계부에도……."

다들 사람을 달라고 아우성이었다.

모든 부서가 만성적인 인재 부족에 시달리고 있었다.

하급 관료라도 문자와 숫자를 쓸 수 있다면 업무가 꽤 분담되는 것이다.

'생각 같아서는 교육부를 신설하고 싶지만, 지금 상황에서는 어림도 없지.'

인재의 육성.

국가나 영지의 운영 관련해서는 반드시 선행되어야 하는 일이었다.

하지만 경제가 박살 난 상황에서 또 다른 부서를 신설하는 것은 독으로 작용할 수 있었다.

세이라는 잠시 생각하다 결단을 내렸다.

"본 영지의 생존이 곧 어둠의 세력에 대항하는 일이겠죠. 신정 일치를 구현하셨으니 신전에서 사람을 보내도록 할게요."

짝짝짝짝!

문관들은 박수를 치며 좋아했다.

이것으로 당분간 인재 부족은 해결할 수 있었다.

교단 사람들은 기본적으로 신앙심이 강한 사람을 뽑는다.

종교가 구현되는 초창기라 볼 수 있었으므로 부패할 걱정은 하지 않았다.

성국이 형성되고 교단이 커지면 모르겠지만, 헌금조차 없는 세상에서 교단이 부패한다는 것은 말이 되지 않는다.

교단의 인재는 무임금으로 부려 먹을 수 있는 관료가 되어 줄 것이다.

흡족하게 웃은 아론은 통계부장 샤론에게 물었다.

"인구 조사가 끝난 것으로 보이는데. 맞나?"

"기존 영지의 인구는 6,755명에서 12,452명으로 늘어났어요. 그에 따라 농지도 두 배로 늘려야 합니다. 병력도 마찬가지겠죠."

보고하는 샤론의 눈 밑이 거뭇거뭇했다.

아론이 통계에 집착했기 때문이다.

농지가 몇 필지인지, 인구는 얼마인지, 영토의 정확한 면적은 어떻게 되는지 등등.

크게는 그 정도였지만, 작게는 청년의 숫자와 남녀의 비율, 노동력 산출, 출산 인구까지 관여했다.

정확한 통계를 뽑아야 영지나 국가 운영이 수월해진다.

괜히 현대 국가들이 통계를 중시하는 것이 아니었다.

"신성 보호막이 늘어난 만큼 아직 인구 증가의 여지는 있다."

"최종적으로 14,000명까지 보고 있어요."

"마이어 경, 아직 구조되지 않은 인구가 많은가."

"여기저기 많이 흩어져 있습니다. 현실적으로 모든 곳에 군대를 보낼 수가 없는지라 큰 도시나 요새를 먼저 구조하고 있습니다."

"어쩔 수 없는 일이다."

요컨대 선택과 집중의 문제였다.

모든 도시와 마을을 돌며 구조하면 좋겠지만 그게 불가능했으니 우선순위를 나누는 것이다.

어려운 결단이지만 더 많은 사람을 구하기 위한 결정이었다.

"칼슨 경?"

"네, 주군!"

촤악!

거대한 지도가 차트 형식으로 걸렸다.

이 지도는 에리아 경이 손본 것으로, 기존의 군사 지도를 세밀하게 다듬은 것이다.

아론의 눈에는 꽤 어설펐지만, 중세에 이 정도 정보를 담은 지도를 구경하기란 힘들다.

저벅. 저벅.

아론은 계단을 내려와 펜을 들었다.

영토가 넓어졌다고 기존의 마을과 도시 전부를 사용할 수 있는 건 아니다.

복원 불가 판정이 났다면 과감하게 버린다.

백작령에서도 쓸모 있는 도시는 몇 개 되지 않았다.

"지금 표시한 지역들을 잇는 도로를 건설한다. 제피드 경."

"예, 주군!"

"건설부에서 추진할 수 있겠나."

"다른 공사를 포기하고 도로에만 집중한다면 가능합니다."

"도로뿐만이 아니라 영지 동쪽 알파드 요새를 복원해야 한다."

"알파드 요새라면……?"

"다음 웨이브 지점이다."

"……!"

잠시 소란이 있었지만, 다들 납득했다.

"주군께서 지정하시는 곳에서는 전부 웨이브가 일어났다."

"악마의 군단이 진격할 것은 자명하지."

아론의 예견은 빗나간 적이 없었다.

여신의 계시라고 이야기했었고 빗나가지 않았기에 절대적인 권위를 갖는다.

당연한 일이었다.

알파드 요새에 대해서는 에리아 경이 이야기했다.

"알파드 요새는 지금껏 일어난 웨이브를 방어하는데 성공했습니다. 수리가 필요하긴 해도 새롭게 지어야 할 수준은 아닙니다."

"그래요? 그렇다면 가능합니다."

"제피드 브라이넌 경과 휘하 건설부 직원들은 훈련병 신분에서 해방한다. 이전의 신분을 회복하도록."

쿵!

제피드 경은 그 자리에 무릎을 꿇고 머리를 박았다.

그들이 이토록 노력을 해 온 것은 모두 신분을 회복하기 위해서였다.

아론은 그들의 공로를 참작해 신분을 회복시켰다.

"앞으로도 악의 세력에 대항하는 방패가 되겠습니다!"

"건설 일을 계속해도 되겠나?"

"물론입니다. 다만, 다음 전쟁부터는 저희도 참전을 했으면 합니다."

"허락한다."

"감사합니다!"

전투에서 건설부 직원을 잃는다면 안타까운 일이겠지만 어쩔 수 없다.

제피드 브라이넌을 비롯한 휘하 직원들은 전부 군인이었다.

군인은 전쟁을 통해 성장했기에 그걸 막으면 사기가 뚝 떨어진다.

인구는 계속 늘어나게 되어 있었으니 건설부의 규모는 확장하면 될 일이었다.

"이번 웨이브에는 뱀파이어 로드가 나타난다."

"뱀파이어 로드!"

'정확하게는 쇠락한 뱀파이어 로드지만.'

지금 최상급 보스로 분류되는 뱀파이어 로드가 출현한다면 영지는 멸망이었다.

도저히 버틸 수가 없는 것이다.

초반을 넘기지 못한 관계로 뱀파이어 로드 앞에 '쇠락한'이 붙었다.

쇠락한 뱀파이어 로드라면 어떻게든 버틸 수 있다.

"병력 300을 신병으로 모집한다. 잭슨 경이 훈련시키도록."

"예, 주군!"

아론은 여러 문제들을 보고받고 해결책을 제시했다.

난민의 주거지를 비롯한 여러 민감한 사안들이 튀어나왔지만, 빠르게 정리했다.

어쩔 수 없는 부분 때문에 너무 고민할 필요는 없었다.

디펜스 워를 오랫동안 플레이하며 쌓였던 노하우를 참고해 최적의 시나리오를 작성하는 것이다.

마지막으로,

"오늘 저녁, 알파드 요새로 간다. 여신께서 방어타워를 생성해 주신다고 계시하셨다."

"바, 방어타워라니요?"

"신성 마법이 쏘아지는 타워다. 자가 수복이 가능하며 옮길 수도 있지."

'더불어 업그레이드 기능도.'

방어타워는 문명의 방향과 일치하는 경향을 보인다.

아론이 건설하고 있는 문명은 '신앙'이었기에 방어타워에 신성력이 부여되는 것이다.

만약 문명의 방향을 마법으로 결정했다면 마법 방어타워가, 원거리 화력으로 결정하면 발리스타가 쏘아지기도 한다.

그 밖에도 수많은 성향에 맞춰 방어타워가 생기며 챕터를 거듭할 때마다 성장한다.

지금은 하나의 방어타워만 지을 수 있지만 앞으로 그 숫자가 계속 늘어날 것이다.

디펜스 게임의 꽃이라고 할 수 있는 방어타워.

어떻게 이용하느냐에 따라 승패가 갈리는 것은 당연했다.

가신들은 아론의 말에서 '생성'이라는 단어에 주목했다.

조용하게 이야기를 듣고 있던 알렉스가 극도로 흥분했다.

"주군! 여신의 기적을 눈앞에서 볼 수 있다는 뜻입니까!?"

"그렇지."

"방어타워가 생성된다고 하셨는데, 아무것도 존재하지 않는 허공에 그냥 나타나는 겁니까?"

"맞다."

"어찌 그런 기적이……."

"하하하! 알렉스 경, 놀랄 필요 없습니다. 여신께서는 일용할 양식 역시 생성해 주십니다. 앞으로는 기적을 많이 목도하게 되겠지요."

"아아, 여신이여!"

알렉스는 바닥에 무릎을 꿇고 성호를 그었다.

뭐라고 중얼거리며 기도를 하는데 눈물까지 흘렸다.

그 투철한 신앙심은 세이라조차 한 수 접어 줄 정도였다.

아론은 회의를 마치며 선언했다.

"알파드 요새는 개방될 것이다. 베르칸 영지 사람들은 위대한 기적을 목도할 기회가 없었으므로 이번 기회에 그분의 권능을 확인한다. 그래야 신앙심이 굳건해지지."

가신들이 고개를 끄덕였다.

신앙에 배타적인 마이어 경조차 이견이 없을 정도였다.

흔들리는 베르칸 영지를 완벽하게 지배하기 위해서는 여신의 기적을 보여 주는 것이 가장 빠른 길이다.

'모두 광신도가 되게끔 하는 것이 가장 이상적이긴 해.'

알파드 요새.

백작령 끝에 위치한 것은 아니지만 신성 보호막이 여기까지만 펼쳐져 있어 사실상의 국경이다.

보호막 밖에 살고 있던 백성들은 전부 철수하는 작업에 들어갔다.

백작령 동부권에서는 알파드 요새가 교통의 중심지 역할을 했으므로 원래부터 꽤 북적대는 곳이었다.

지금은 요새가 꽉 찰 정도로 많은 인원이 몰렸다.

에리아 경이 특수 정보부를 통해 낸 소문이 영지 전체를 관통했기 때문이다.

[신성 군주께서 여신의 기적을 선보이신다.]

[천상에서 방어타워를 보내 주실 것이며, 일용할 양식까지 내려 주실 것이니, 그 기적을 목도하려는 자, 알파드 요새로 오라.]

영지에 소문이 돌자 수많은 사람이 알파드 요새로 향했다.

광장은 물론 성벽 밖에도 구경꾼들이 잔뜩 모여 있었다.

아론은 성벽 지휘소에서 그 광경을 확인했다.

"많이도 왔군."

"절망적인 세상에서 기적을 목도하지 않는다면 도저히 견딜 수가 없기 때문이지요."

마이여 경의 분석이었다.

그는 방금 전까지 요새 주변을 청소하느라 바빴다.

기적을 목도시킨다고 영지민을 모았는데 마물에게 당한다면 본말이 전도되는 것이다.

다른 지역은 몰라도 기적이 일어날 알파드 요새 부근은 철저하게 청소할 필요가 있었다.

얼마나 몬스터를 썰어 댔는지 마이어 경의 몸에서 썩은 내가 진동했다.

"경은 이 정책이 언제까지 효과가 있으리라 보나?"

"장기적으로도 꾸준한 효과가 있을 것입니다. 허나 자극에 익숙해지면 점점 하향 곡선을 그리리라 봅니다."

"신앙심이 깊더라도 말인가?"

"문명이 시작되는 단계에서는 상당한 효과가 있습니다. 문제는 시간이 흐른 후 반드시 변질된다는 것이지요. 모든 종교가 마찬가지입니다. 물을 흐리는 사람은 어디서든 나타나기 마련이니 신앙심만으로 문제를 해결할 수 없는 날이 오겠지요."

"훌륭한 통찰이다."

마이어 경은 인간의 본질을 잘 이해하고 있었다.

언제, 어느 시대든 부패는 일어나게 마련이다.

종교에만 의지해 정책을 펴는 것도 반드시 종말을 고하게 되리라 마이어 경은 여기고 있었다.

아론은 그의 어깨를 두드렸다.

"생존의 위기에서 벗어나고, 경제가 활성화된다면 문제가 여기저기서 발생하겠지. 허나 그 즈음이면 강력한 군사력과 생산력을 갖추게 될 것이니 상관없다."

"만약 그때에도 신정 일치를 통한 체제를 계속 유지하려 한다면 질서를 잡아 줄 수 있는 기관이 필요하게 될 겁니다."

"걱정하지 말도록."

"주군을 믿습니다."

오후 5시 무렵.

해가 서서히 기울어져 가고 있었다.

오전부터 모이기 시작한 사람들은 시간이 다가올수록 분위기를 고조시키고 있었다.

아론이 원하는 '광란'에는 빠지지 않았지만 기대감이 갈수록 커졌다.

정각이 되었을 때, 아론은 지휘소에서 걸어 나왔다.

"신성 군주께서 오셨습니다!"

"와아아아!"

현재 아론의 인기는 절정이었다.

멸망의 끝에서 신의 말씀을 대리하는 자.

그는 끊임없이 기적을 선보여 왔으며 현재 진행형이었다.

'신성한 오라.'

사방 150m에 따듯한 오라가 퍼졌다.

자잘한 상처나 병은 오라에 들어온 순간 치유를 시작했다.

모든 종교가 마찬가지겠지만 치유를 기본으로 한다.

신성력이 존재하는 세상이었으므로 치유하지 못하는 교단은 인정받지 못한다.

치유력은 사실 기본 중 기본이었으나, 어떤 교단도 이런 식으로 오라를 퍼뜨려 다수의 인원을 치료하지 못했다.

"병이 낫고 있어!"

"상처가 치유된다!"

"오오, 베일리여!"

백성들의 반응이 나쁘지 않았다.

아론은 스킬 포인트를 신성한 오라에 투자하길 잘했다는 생각을 했다.

말이 150m 범위지, 작은 운동장 정도의 넓이였다.

'관객이 모였고 무대가 갖춰졌다. 여기에 연기력이 더해지면.'

털썩.

아론은 성벽 위, 백성들의 시선을 받으며 무릎을 꿇었다.

그를 따라 모든 사람이 함께 무릎을 꿇었다.

"만물을 주관하시는 베일리여, 당신의 인도로 여기까지 왔나이다. 역경과 고난을 이겨 낼 힘을 주심에 감사하나이다. 당신의 보호 속에 살아가게 하시며 그 권능을 드러내게 하소서. 부디 간청하건대 악을 멸할 힘을 주시옵소서. 이 미천한 종이 간구하니, 베일리의 영광이 이 땅에 드러나게 하소서!"

스스스슷!

"……!"

웅성웅성.

아론의 기도(?)가 끝나자 성벽 위에 강렬한 빛이 어렸다.

누구든 느낄 수 있는 신성한 힘이었다.

'문명의 방향에 따라 건설되니 당연한 일이겠지.'

마법 문명이었다면?

신성함 대신에 강렬한 마력 폭풍이 일어나고 있을 것이다.

"처…… 천사!?"

"이럴 수가! 천사께서 강림하셨나!?"

방어타워는 디자인을 선택할 수 있다.

공격 형태 역시 아론의 뜻대로 할 수 있었는데, 한 번 건설되면 기능을 변경할 수 없으니 신중을 기해야 했다.

그렇게 선택한 것이 바로 홀리 붐이다.

방어타워가 10초 간격으로 사방 1m를 파괴하는 신성력 폭탄을 투하한다.

레벨 1 수준이라 엄청난 효과를 기대하긴 힘들었지만, 악마류 몬스터에 한정해서는 꽤 큰 효과를 냈다.

아론이 방어타워를 건설하며 얻을 수 있는 또 다른 효과는 안정감이었다.

천사의 석상이 검을 휘두르면 홀리 붐이 발사된다.

성벽을 타고 적이 올라오면 근거리에서도 적을 주살할 수 있었으므로 효율적이면서도 정치적인 옵션을 가졌다 하겠다.

천사의 형상이 성벽 한복판에 생기자 백성들은 연신 성

호를 그었다.

퍼포먼스는 이것으로 끝이 아니었다.

"베일리여, 당신의 전사들에게 승리할 수 있는 힘을 부여하소서. 그 위대한 권능으로 악을 멸하며 이 땅에 평화를 부여하시길 간구하나이다."

스스슷!

"어엇!? 갑자기 힘이 생긴다!"

"이건 무슨!?"

'승급이지.'

아론은 챕터 3의 디펜스를 끝낸 후 수많은 병사들의 승급을 아껴 두고 있었다.

최하급 병사는 하급으로, 하급 병사는 중급으로 승급한다.

승급을 할 때에는 강렬한 이펙트가 터진다.

온몸이 광휘에 휩싸이는 것은 물론, 천사의 날개가 한차례 형상화되었다가 사라졌다.

영지가 마법 문명이었다면 마법진이, 음악 문명에서는 음표가 형상화되니 문명의 방향에 따라 바뀌었을 것이다.

또 다른 기적에 분위기가 더욱 고조되었다.

이제 마지막.

"베일리여, 당신의 백성들에게 일용할 양식을 내려 주심을 감사드립니다. 당신이 내려 주시는 식량으로 우리의 영혼을 강하게 하시며 악마들과 싸울 힘을 주소서. 여신이여, 많은 백성들이 어려움에 처하였으니 당신의 권능으로 기적을 베푸소서."

아론은 잽싸게 상점을 열어 소모품 상자를 구입했다.

성문 앞에 쌓여 있던 재화들이 증발했다.

쿵! 쿠구궁!

그와 동시에 쏟아지는 소모품 상자.

"와아아아!"

고조되던 분위기가 터졌다.

백성들은 소리를 지르며 광란에 빠졌다.

아론은 양팔을 들고 환호성을 만끽했다.

'사이비 교주가 따로 없군.'

일부 백성들은 바닥에 머리를 찍으며 피를 줄줄 흘렸다.

동시에 오라의 힘을 받아 회복되었으니, 현대인이 한 명이라도 소환되어 이 광경을 목격했다면 혼란스러워 정신이 반쯤 나갔을 것이다.

신앙심이 깊은 자들은 눈물을 흘리며 발광했다.

일부는 곧바로 기절했으며, 일부는 몸을 부르르 떨다 실신했다.

하나둘 상자가 열릴 때마다 환호성이 커졌다.

그러던 도중, 상자 하나에서 강렬한 빛이 터지며 빛나는 돌 하나가 튀어나왔다.

[신성 폭탄을 획득했습니다.]

'신성 폭탄!?'

아론은 깜짝 놀랐다.

소모품 상자의 대부분은 식량과 철광석, 화살 정도를 수급하는 용도였다.

아주 가끔 성수나 마법 스크롤 같은 것이 나오기도 했는데, 문명의 방향에 따라 아이템의 종류도 바뀌었다.

신성 폭탄은 아론이 신앙을 문명으로 택했기에 매우 낮은 확률을 뚫고 튀어나온 것이다.

사방 30m가량을 신성한 빛으로 뒤덮는 폭탄이었다.

이만하면 득템이었다.

그리고.

[강렬한 믿음에 취한 광신도가 이단심문관으로 각성했습니다.]

"허어."

광란의 도가니 속에서 웬 남자가 허공으로 떠올랐다.

우둑! 우두두둑!

자세히 보니 알렉스 베르칸이었다.

애초에 알렉스는 광신적인 면이 있었다.

빛의 세력이 아닌 어둠의 세력으로 각성해도 마신에 대한 광신이 혀를 내두를 정도였다.

그런 인간이 기적을 몇 번이나 목도했으니, 믿음이 절대적인 영역에 달해 각성한 것이다.

비리비리했던 알렉스의 몸이 커지더니 강력한 근육이 생겼다.

키도 자랐으며 신성력을 몸에 둘렀다.

성기사와는 또 다른 모습이었다.

땅으로 내려온 그는 한쪽 무릎을 꿇고 성호를 그었다.

"여신께서 인도하시니 악은 빛의 저편에서 명멸하도다."

아론의 곁에서 그 광경을 지켜보고 있던 세이라가 놀란 채로 물었다.

"여, 영주님. 저게 대체 뭔가요?"

"이단심문관이다."

"이단심문관이요!?"

"잘된 거지."

종교적인 문맥으로 해석한다면 베일리 교단에 반발하는 모든 적을 척살하는 전문 인력이라 말할 수 있었다.

종교가 부패한 시대의 이단심문관이라면 애먼 사람을 잡아다 화형시키는 이미지였지만, 지금과 같은 상황에서는 그 역할에 충실했다.

온전한 신의 검.

피아가 분명한 세상이었으므로 악마 숭배, 또는 마기에 쓰이거나 악마와 계약한 하수인 등을 색출한다.

저벅. 저벅.

아론이 성벽을 내려와 천천히 알렉스가 기도하고 있는 곳으로 다가갔다.

강렬한 퍼포먼스에 감명을 받아 각성한 이단심문관.

알렉스는 전보다 눈빛이 깊어졌다.

"알렉스 경."

"신성 군주시여, 여신의 은혜로 힘을 얻었으니 제가 해야 할 일을 알려 주십시오!"

"경을 이단심문관장으로 임명한다."

"오오!"

직책이 마음에 든 모양이었다.

"알렉스 경, 약자를 보호하고 악을 멸하기 위해 최선을 다하라."

"명을 받듭니다!"

"이단심문관의 역할은 이 땅에서 암약하고 있는 악의 세력을 뿌리 뽑는 것이다."

"악은 이 땅에서 사라질 것이옵니다."

"믿는다."

아론은 그렇게 돌아섰지만, 요새를 타고 흐르는 환호성은 한 시간이 넘도록 지속되었다.

털썩.

"하……. 피곤하다."

아론은 자정이 다 되어서야 침대에 누웠다.

오늘을 돌이켜 보면 백성들이 광적으로 변해 가고 있음을 알 수 있었다.

나쁘지 않은 반응이었다.

초반에는 백성들이 이런 텐션을 유지해 주어야 한다.

무임금으로 계속 일을 하고 있었으니, 노동력 확보 차원에서도 중요했다.

대규모 퍼포먼스로 얻은 것은 두 가지.

신성 폭탄과 이단심문관이다.

성기사와 사제, 이단심문관은 교단을 일으키는데 중요한 축이었다.

이단심문관은 악을 추적해 주살하는 역할을 맡았으므로 종교의 부패를 어느 정도 지연시키는 역할을 한다.

오늘은 알렉스가 이단심문관장으로 취임한 지 첫날이다.

"나름 높은 직책으로 올라갔으니 신중하게 움직일 거야."

하지만 아론의 생각은 틀렸다.

이 순간에도 이단심문관 알렉스는 도시 곳곳을 누비며 악을 징벌하느라 몸 따위는 사리지 않았다.

베르칸 시(市) 도심.

얼마 전까지 베르칸 영지는 베론 북부의 맹주였다.

그만큼 도시는 역사가 오래되었다.

화려한 영광 속에 가려진 빈부 격차가 곳곳에 보였다.

외곽으로 갈수록 좁은 골목과 빈민가가 즐비했다.

빈민들은 불법으로 증축을 시도하여 골목의 형태가 미로나 다름없었다.

해가 떨어지자 빈민가 골목은 길을 식별할 수 없을 정도였으나, 한 사내가 눈을 번뜩이며 미로를 헤쳐 나가고 있었다.

'말도 안 된다!'

악마 숭배자인 마론은 지금껏 조심스럽게 세력을 확장해

나가고 있었다.

아직은 세력을 드러낼 때가 아닌지라 작은 영향력이라도 행사하기 위해 잠입해 있었는데, 갑작스럽게 이단심문관이 기습했다.

'도대체 어떻게?'

그의 은신처는 빈민가 중에서도 가장 깊숙한 곳이었다.

임무는 하나.

[마신 교단은 네게 많은 것을 바라지 않는다. 새롭게 빛의 세력으로 편입된 베르칸 영지에서 정보를 수집하라.]

"허억! 허억!"

숨이 턱 끝까지 올라왔다.

아까까지만 해도 마론은 선량한 주민으로 위장해 여신의 기적을 목도했다.

방어타워의 등장과 이단심문관의 각성까지. 기이한 일이 많이 일어났으므로 조심스럽게 내용을 정리해 전서구를 날렸다.

그 전서구가 잡힌 것이 과연 우연일까?

이단심문관은 정확하게 그의 은신처를 기습하기까지 했다.

정신없이 도주하다 보니 얽히고설킨 골목의 끝이었다.

그는 막다른 길에 몰렸다.

저벅. 저벅.

거대한 덩치를 가진 남자였다.

베일리 교단을 상징하는 십자가가 갑옷 한가운데에 박혀 있었고, 2m에 이르는 대검을 어깨에 걸쳤다.

쿵!

검을 바닥에 꽂은 이단심문관이 그를 바라보며 웃었다.

"여신의 눈을 피해 갈 수 있다고 생각했다면 오산이다."

"빌어먹을! 어떻게 나를 찾았는지 모르겠지만 너는 나를 죽일 수 없다."

"과연 그럴까?"

꽈직!

마론은 마신으로부터 받은 힘을 사용했다.

온몸이 붉어졌다.

검은 마기에 몸이 휩싸였으며 악마의 증거인 검은 뿔이 머리에서 자라났다.

"죽어라!"

쾅!

마론은 땅을 박찼다.

이단심문관에게 발각된 것은 실책이지만, 놈을 죽인다면 오히려 공로가 된다.

알렉스를 죽일 수 있다면!

서걱.

마론의 몸은 움직이고 있었으나 대지가 흔들리고 있음을 깨달았다.

그것으로 끝이었다.

잘린 머리통이 바닥을 뒹굴었으니까.

"베일리의 축복을 받은 땅에서 그 누구도 활동할 수 없음이다."

아론은 고작 몇 시간을 자고 일어났다.

한 달 보름이 긴 것 같지만, 그렇지도 않다.

다음 웨이브를 준비하기 위해서는 분주하게 움직여야 한다.

뱀파이어 로드만 막는다고 끝이 아니다.

그다음 챕터도 준비해야 하며, 종국에는 클리어를 목표로 하고 있었으므로 영지의 체력을 바닥에서부터 다져야 했다.

오늘은 농지를 둘러볼 생각이었다.

여명이 밝아 오고 있었다.

백작령의 본령이었던 베르칸 시는 인구도 꽤 많았으며 발전했지만, 번잡한 느낌을 지울 수 없었다.

또한 위생의 개념이라고는 눈곱만큼도 없었기에 대대적인 수술이 필요한 상태였다.

농지를 둘러보고 나면 베르칸 시 개발도 생각해 보아야 한다.

똑똑.

옷을 갖춰 입고 차를 한 잔 마시던 아론은 세이라의 방문을 받았다.

그녀의 얼굴은 묘하게 들떠 있었다.

"영주님!"

"세리아 대주교, 아침부터 무슨 일인가?"

"어제 이단심문관이 마신 교단 세력 세 명을 색출해 처단했어요!"

"마신 교단?"

"네, 시신을 확인해 보니 악마의 뿔이 생겼더군요."

"……."

'마신 교단이 벌써 내부를 휘젓나?'

이건 예상치 못했다.

대륙 곳곳에서 일어나고 있는 웨이브는 자연 발생에 가까웠다.

하지만 마신 교단은 다르다.

그들은 악마 숭배자들의 집단이었고, 악마와 인간이 뒤섞여 세력을 이룬다.

'이단심문관이 탄생하는 바람에 겉으로 드러난 것이군.'

오히려 다행이라는 생각이 들었다.

마신 교단은 게임 중반부터 등장하기 시작하는데, 놈들이 갑작스럽게 세력을 확장해 나가는 바람에 막는데 많은 피해를 입게 된다.

지금 보니 마신 교단은 초창기부터 잠입해 세력을 형성하고 있었다.

천만다행으로 게임으로 치면 초반이라 숭배자 셋을 처단하는 것으로 영지가 말끔해졌다.

생각지도 못한 파급력이었다.

"오늘은 악마를 직접 처단한다고 해요."

"악마를 처단해?"

"신성 보호막 바로 바깥에 위치한 오두막이라고 하는데, 구경이라도 가 보실래요?"

아론은 자신도 모르게 고개를 끄덕였다.

워낙 알렉스의 성격이 극단적이라 영지에 피해를 주면 어쩌나 걱정했는데 기우에 불과했다.

알렉스는 누구보다 훌륭하게 임무를 수행하고 있었다.

알파드 요새 외곽.

여기서부터 마기에 침식된 땅이다.

신성 보호막이 끝나는 지점이었으며 한 발짝만 나가도 각종 몬스터가 나타날 것이다.

검게 물들어 있는 대지가 드넓게 펼쳐졌다.

보호막 안쪽의 녹지와는 완전히 다른 모습이었다.

삭막한 환경을 바라보고 있는 알렉스의 표정은 여전히 굳건했다.

"알렉스 경, 저 밖은 위험함이 있다. 그럼에도 나가겠나?"

"주군! 가까운 곳에 악마가 살고 있습니다. 그놈을 그대로 두었다가는 다음 침공에 더 큰 피해가 발생할 수 있지요."

"그건 부정할 수 없군."

다음 챕터에는 뱀파이어 로드가 등장한다.

주로 흡혈귀 계열이 적이겠지만, 다른 몬스터가 한 마리도 등장하지 않는다고 보기는 어려웠다.

알렉스의 말대로 마물을 결집시킬 수 있는 악마가 근처에 똬리를 틀고 있다면 직접 처리해 주는 것도 공략에 큰 도움이 된다.

기사급 전력은 아론과 알렉스 둘.

세이라는 후방에서 지원하는 역할이었다.

병력은 50명이 동원됐다.

혹독하게 훈련을 받는 근위병이었다.

"출발한다."

일행은 검게 물든 대지를 밟았다.

신성력을 가지고 있는 사람들은 이 땅이 마기에 완전히

침식되었음을 알았다.

불쾌하게 느껴지는 감각.

사람들이 신성 보호막을 신의 기적이라고 여기는 것도 당연했다.

마기에 침식된 나무, 풀, 심지어 동물마저 마수화가 된 채 돌아다녔다.

안개마저 깔려 있어 길을 잡을 수 없을 지경이었는데, 알렉스의 걸음에는 거침이 없었다.

"길은 제대로 안내하고 있는 것이 맞나."

"예!"

"바깥에 악마가 있다는 사실은 어찌 알았나?"

"신의 은총입니다. 기척이 느껴져요. 주군께서는 이미 느끼셨을 것으로 압니다."

아론은 고개를 끄덕였지만 어쩔 수 없이 아는 척했던 것뿐이다.

'내 인지력은 신성 보호막에 한한다. 그마저도 추종자를 완전히 색출할 수 없지.'

이단심문관이 괜히 있는 것이 아니다.

그들은 아주 미세한 마기의 흐름까지 읽어 냈다.

서걱!

알렉스는 달려드는 언데드의 머리통을 가볍게 베어 버리며 스산하게 웃었다.

"악마 색출은 제게 맡겨 주십시오. 주군께서는 큰 그림을 그리시고, 이런 사소한 일은 아랫것들에게 시키면 됩니다."
"훌륭하군."
알렉스의 몸에서 신성력이 퍼졌다.
움직임에 거침없었다.
오라클 영지에 굉장한 인재가 등장했다.

알파드 요새 뒷산.
아론은 거리낌 없이 진격했다.
정확하게 말하면 광전사나 다름없는 알렉스가 마물을 모조리 베어 낸 결과였다.
병사들이 나설 필요조차 없었다.
알렉스는 거대한 대검을 휘둘렀으며 마물이라면 눈이 뒤집혀 뛰어드니 편안하게 마기가 깔린 대지를 거닐었다.
안개가 낮게 깔린 숲.
검게 물들어 있는 거목들이 음산함을 더했다.
뒷산에 올라오자 조금씩 몬스터가 늘어나고 있었다.
웨이브에서 밀려난 좀비, 고블린, 오크들이었다.
침식된 인간은 보이지 않았다.
놈들이 패배하는 순간 대부분을 사로잡아 베어 버렸기에 외부까지 번지지 않은 것 같았다.
"영주님! 저길 보세요!"

"알고 있다."

"역시…… 영주님께서는 여기에 악마가 살고 있다는 사실을 아셨네요. 나는 왜 몰랐지?"

세리아는 머리를 긁적였다.

사실 모르는 것이 정상이다.

아론도 숲에 진입하고 나서야 간신히 마기의 흐름을 감지했다.

신성 보호막 밖은 마기가 짙어 악마들이 날뛰어도 그걸 멀리서 감지하는 것은 불가능한 일이다.

여길 영지 안에서 발견한 알렉스는 마기 탐지 능력이 아론을 뛰어넘었다는 뜻이었다.

숲 깊은 곳에 위치하고 있는 낡은 집.

사냥꾼의 오두막인 것으로 보였는데, 악마가 점거해 사용하고 있는 모양이었다.

아론은 알렉스의 실력을 좀 더 확인해 보고자 했다.

"이단심문관장."

"예, 주군!"

"혼자서 처리할 수 있겠나."

"임프 따위를 죽이는 일이야 어렵지 않습니다."

"가라."

이제는 놀랍지도 않다.

임프라니?

대충 악마류가 있다는 사실은 짐작하고 있었어도 정확히 임프가 있다는 사실은 알기 어려웠다.

그럼에도 알렉스는 악마의 종류까지 정확하게 알고 있는 것이다.

-킥킥킥킥! 놀자!

오두막 안에서 소름 끼치는 음성이 흘러나왔다.

어린아이의 목소리 같기도 하고, 굵은 남성의 목소리 같기도 했다.

마당으로 튀어나온 임프의 모습은 괴기스럽기 짝이 없었다.

키는 140cm 정도로 작았지만 10개의 손가락이 모두 핏빛으로 물든 날카로운 손톱이 돋아났고, 이마에는 붉은 뿔이 하나 있었다.

얇은 꼬리의 끝에는 칼날이 달려 있어 그 자체만으로도 상당한 무기였다.

최하급 악마 임프.

마계의 악동으로 불릴 정도로 장난기가 심했으나, 그 수준은 결코 아이의 것이 아니었다.

인간을 납치해 고문하고 살점을 잘라 마물에게 던져 주길 즐긴다.

단숨에 사람을 죽이는 것도 아니었으니 잔인하기 짝이 없는 순수함이었다.

'혼자 상대할 수 있으려나?'

임프는 하급 악마인 만큼 침식된 인간보다 강했다.

순수한 힘조차 오크 로드를 상회했으니 막 각성한 알렉스가 이길 수 있을지는 장담할 수 없었다.

하지만.

"여신께서 함께하시니 악의 세력은 빛과 함께 명멸하도다."

쾅!

알렉스는 무식하게 쇄도해 나갔다.

임프의 입이 쭉 찢어졌다.

-킥킥킥! 장난감! 장난감!

콰광!

대검과 임프의 손톱이 작렬했다.

카가가각!

끔찍한 소리와 함께 불꽃이 튀었다.

알렉스는 검으로 손톱을 흘리며 돌진해 몸통으로 박아 버렸다.

-킥! 무식한 인간!

임프는 뒤로 몸을 날려 충격을 흡수했다.

그러고는 눈앞까지 쇄도한 알렉스의 어깨를 짚고 반대쪽으로 넘어갔다.

"영주님! 도와야 하지 않나요?"

"기다려 봐."

임프의 손톱이 알렉스의 등짝에 박히려는 순간.

알렉스가 급격하게 몸을 회전시켜 임프의 머리통을 대검으로 날려 버렸다.

쾅!

반쯤 뭉개진 임프의 머리가 떠올랐다.

툭.

아론의 발치에 떨어진 임프의 머리.

놈의 입은 좌우로 쭉 찢어진 그대로였다.

[이단심문관의 반지를 획득했습니다!]

'아이템?'

임프를 사냥하는 것도 보스 사냥의 일종이었다.

병사들이나 기사들이 사냥하면 아이템은 아론의 인벤토리로 들어온다.

물론, 이렇게 타인이 사냥해 아이템이 떨어지는 일은 극히 드물었다.

이단심문관의 반지
등급: 매직
물리 방어력: 5
마법 방어력: 5
내구도: 1010

추가 옵션

악마류 몬스터 대미지 +10%

이단심문관 전용 아이템.
-세상의 모든 악을 징벌하리라-

나쁘지 않은 옵션이었다.

지금으로서는 알렉스가 유일하게 착용할 수 있는 아이템이기도 했다.

임프를 죽인 알렉스는 아론에게 다가와 한쪽 무릎을 꿇었다.

"여신의 인도로 악을 격멸하였나이다!"

"수고했다."

"이건······?"

치하와 함께 반지를 내밀자 알렉스가 황공하다는 듯한 눈으로 반지를 받아들였다.

"이단심문관장을 상징하는 반지다."

"가보로 간직하겠습니다!"

"앞으로도 열심히 하도록."

"악마는 결코 살려 두지 않을 것입니다!"

아론은 고개를 끄덕였다.

"돌아간다."

오늘 확인한 이단심문관은 성기사를 뛰어넘을 정도의 무력을 갖추고 있었다.

그들은 성기사 상위 호환이다.

무력도 강하고 신앙심도 깊다.

하지만.

'저 광신도를 세이라가 감당할 수 있으려나?'

한가로운 오후.

아론은 오라클 본령과 새롭게 흡수한 베르칸 시 사이에 있는 농지를 개간하기 위해 심혈을 기울였다.

개간하는 즉시 밀이 뿌려질 것이다.

인구가 대폭으로 증가한 만큼 인력 부족은 없었지만, 내년 봄에 수확할 수 있을지는 장담할 수 없었다.

농업은 아론의 전문이 아니었으므로 레냐를 불러 물어봤다.

"내년까지 수확할 수 있겠느냐?"

"가능은 해요! 그런데 수확량이 본령보다 많지는 않을 거예요."

"파종이 늦었기 때문이겠지?"

"어쩔 수 없는 일이죠."

"네가 개발한 물레방아가 없었으면 이마저도 힘들었을 거야."

"헤헤, 내년에는 오빠가 알려 주신 비료를 어떻게든 개발해 볼게요!"

"훌륭하구나."

레냐는 영지에 없어서는 안 될 인재다.

마법이면 마법, 발명이면 발명, 농업에 이르기까지.

모든 분야에 두각을 드러냈다.

최근에는 통계부 일까지 거든다니 S급 인재가 아닌가 싶다.

인부들이 쉴 수 있도록 농지에 지어진 오두막.

아무리 바빠도 남매의 우애는 신경 써야 한다.

"요즘 문제는 없고?"

"신전에서 인재들이 들어왔는데 일을 아주 잘해요."

"그래?"

"영지를 살리는 길이 곧 신의 말씀을 따르는 길 아니겠어요?"

"그렇지."

"그들에게 신의 말씀을 앞세우면 야근도 불만 없이 척척 해내요."

레냐는 환하게 웃으며 이야기했다.

아론은 속으로 식은땀을 흘렸지만.

'완전 블랙 기업 악덕 사장 아니야?'

현재 베일리 교단은 초창기다.

교단을 이끌어 나가는 사람은 많지 않았고, 돈이 목적이 아닌 오직 신앙심으로 일했다.

오라클 영지는 신정 일치 사회.

대륙 유일의 여신 세력이었다.

영지가 발전해 살아남으면 악을 정벌하는 선봉에 설 것이므로 교단의 일이 곧 영지의 일이라고 강조했다.

레냐는 그 점을 철저하게 이용한 것이다.

"허험, 요즘 쓰러지는 행정관들이 많다고 들었다."

"죽지는 않아요. 인간은 하루에 4시간만 자도 살 수 있거든요."

"……."

레냐는 칭찬을 바란다는 듯 눈을 반짝였다.

'나보다 심한데?'

아론은 현대인 출신이다.

중세의 군주였기에 되도록 현대인의 관습은 버렸지만, 마음 한구석에 '인권'이라는 희미한 감각이 남아 있었다.

하지만 레냐에게서는 그런 것이 없었다.

사람을 갈아 넣어 영지를 발전시킬 수만 있다면 망설임 없이 실행하는 것이다.

이건 모두 아론에게 잘 보이기 위한 것이었다.

"훌륭하구나!"

"저 잘했어요?"

"물론! 그렇다고 과로사하게 두면 안 된단다. 인재는 한정되어 있거든."

"그건 걱정 마세요. 주기적으로 신전에서 치료를 받고 있으니까요."

"앞으로도 잘 부탁한다."

아론은 레냐의 머리를 쓰다듬었다.

그녀는 웃으며 그의 손길을 느꼈다.

"인재 관리가 적성에 맞는 것 같아요. 제가 가서 웃으면 마지못해 일을 하거든요!"

아론과 레냐는 서로를 바라보며 웃었지만, 영주성에서 일하고 있는 관료들은 갑자기 오한이 들어 재채기를 해야만 했다.

레냐를 돌려보낸 아론은 밀알이 자라고 있는 농지도 방문했다.

본령에서 자라고 있는 밀은 베르칸 시에서 자라는 밀과는 생장이 달랐다.

올해는 인시드 강이 범람하는 바람에 밀알이 잘 자랐지만, 내년에도 이런 효과를 기대하긴 어려울 것이다.

결국 비료를 만드는 것만이 답인 것이다.

'아무리 위생에 신경 쓰지 않는 중세인이라도 인분을 밭에 뿌린다는 것에 거부감을 가질 수 있을 텐데. 상관없으려

나?'

아론은 머리를 긁적였다.

인분을 비료로 만든다고 하면 농부들이 뭐라고 말할지 알 수 없어서다.

하지만 아론에게는 필살기가 있었다.

'납득을 못 하면 여신의 뜻이라고 말하면 된다.'

그것으로 명분은 완성이었다.

더러워서 인분을 어떻게 밭에 뿌리느냐고?

고귀한 여신의 뜻으로 포장하면 인분은 구하지 못해 안달이 날 것이다.

아론이 여신의 뜻을 들먹여 실패한 적이 없었기에 할 수 있는 짓이었다.

한 번이라도 실패하게 된다면 권위가 바닥에서부터 흔들린다.

여신의 말씀은 명분 제조기였지만 신중을 기해 써야 했다.

'비료를 사용하면 무조건 생산력이 증가한다. 여신을 들먹이지 않을 이유가 없다.'

아론은 방침을 정했다.

올해부터 인분을 모아 발효시키고 내년에 사용할 것이다.

도시에 넘쳐나는 인분을 처리하는 것도 문제였으니, 이

방법이 가장 확실했다.

　농지를 걸으며 농업의 미래를 고민하고 있을 무렵.

[영지에 이단심문관이 출현했습니다.]
[영지에 이단심문관이 출현했습니다.]
[중급 던전이 열렸습니다.]

"응?"
아론은 걸음을 멈추었다.
이단심문관이 둘이나 출현했다.
이게 어찌된 일일까?
어제 보여 주었던 퍼포먼스 때문에 신성력의 축복을 받은 자들이 각성했다고 보는 것이 타당하다.
중급 던전은?
열릴 때가 되어 열린 것이다.
"겹경사가 따로 없는데?"

베르칸 시, 이단심문관청.
원래 이곳은 기사단 숙소로 사용됐었다.
백작 가문 정도면 두 개 기사단을 기본으로 보유했으므로 지금에 이르러서는 숙소가 텅텅 비게 된 것이다.
각종 편의 시설이 몰린 건물을 통째로 배정했다는 것은

그만큼 군주가 이단심문관에게 거는 기대가 크다는 뜻이다.

지금으로부터 몇 시간 전, 영지에 이단심문관 두 명이 각성했다.

신심 가득한 알렉스는 곧바로 그들을 찾아냈다.

사람이 없어 횅한 연무장에는 젊은 남녀가 부동자세를 유지하며 서 있었다.

"샤르엔."

"옛, 관장님!"

"제피."

"예!"

"제군들은 원래 최정예 병사들이었다. 지금에 이르러 각성한 이유를 알겠나?"

"잘 모르겠습니다!"

"어려울 것 없다. 신께서 선택하셨기 때문이지."

"……!"

"제군들의 깊은 신심이 이곳으로 이끈 것이다. 묻겠다. 악을 징벌하는데 목숨을 다할 각오가 되어 있는가?"

"다른 것은 몰라도 악마들의 머리 깨는 일은 자신 있습니다!"

"저, 저도요!"

새롭게 각성한 이단심문관들은 눈을 반짝였다.

알렉스는 신에게 선택받은 전사들이 얼마나 축복받은 것인지 장황하게 설명했다.

30분이 넘어 가는 훈시에도 그들은 부동자세를 유지했다.

이단심문관은 기본적으로 광신적인 성향을 가지고 있다.

광신도에서 더 발전하게 되면 이단심문관으로 각성하는 것이다.

그 때문에 선택된 자들은 자신들의 직업에 대해 어떤 의문도 갖지 않았다.

알렉스는 이 햇병아리들과 대화를 나누어 보고는 흡족하게 웃었다.

"언제나 신의 말씀에 의지하라. 신의 말씀이 들리지 않을 시에는 주군께 문의해라. 그분은 여신과 직접 소통하신다."

"명심하겠습니다!"

"준비가 되었으면 주군께 간다. 너희는 이단심문관으로 선택받았으니 주군께 임명을 받아야 한다."

"바로 가겠습니다!"

세 명으로 늘어난 이단심문관들은 곧바로 시청을 찾았다.

베르칸 시청.

영주성이었던 이곳은 도시를 관장하는 하나의 행정 기관

으로 개편됐다.

아론의 집무실로 칼슨 경과 이단심문관들이 방문했다.

이단심문관들은 엄청난 군기를 유지하며 대화가 끝나기를 기다렸다.

"……이 지점에 던전이 생겼다는 것이군요?"

"맞다. 여신께서 계시하시었으니 틀림없다."

"여신의 계시!"

이단심문관들이 눈을 반짝거렸다.

"……."

부담스러울 정도의 눈빛이다.

아론은 피부가 따끔거리는 것을 느꼈다.

그들은 신심이 깊은 것을 넘어 인생 자체가 신앙이었으며, 교단에 광적으로 헌신하는 성향을 가졌다.

악마라면 치를 떠는 집단이었으며, 베일리 교단에 반대하는 세력은 폭력이라는 수단을 사용해 어떻게든 뭉개 버릴 터였다.

마녀 사냥의 시대에서는 이단심문관들이 백성에게 공포로 군림했었지만, 지금처럼 선과 악이 명확한 상황에서는 이보다 믿음직한 존재가 없었다.

"한차례 쓸어버리면 되는 것이군요?"

"맞다. 그곳은 늑대인간의 소굴이며 마신의 파편이 박히면서 계속하여 놈들이 생성되는 특징이 있지. 좀비들이 튀어나오는 던전을 생각하면 편하다."

"늑대인간이라면 신병을 투입하기는 무리겠습니다."

"신병은 좀비 던전에서 키운다. 전투가 익숙해지면 이번에 발견된 던전에 집어넣으면 되겠다."

"마신의 파편까지 이용하시다니, 뛰어난 책략입니다."

"무얼. 마신이 이 땅에서 잠시 득세했지만 곧 정화될 것이야."

"끝나면 연락드리겠습니다!"

"수고해라."

칼슨 경이 경례를 붙이고 집무실을 나갔다.

아론은 이단심문관들과 마주했다.

이번에 각성한 이단심문관들은 병사들 가운데에서 나왔다.

백성들이 각성해 주었으면 좋았겠지만, 나쁜 일은 아니다.

그들은 상급 병사였고, 기사단에 입단하기 위해 준비하는 중이었다.

검을 비롯한 개인화기를 사용하는데 익숙하다는 뜻이다.

"여신의 선택을 받은 것을 축하한다."

쿵!

세 명의 이단심문관들은 한쪽 무릎을 꿇었다.

"저희는 악을 멸하기 위해 싸우는 자. 여신의 은혜에 보답하도록 최선의 노력을 기울일 것입니다!"

아론은 자리에서 일어났다.

지금 시점에서는 이단심문관들의 폭주를 걱정할 필요가 없다.

그들의 역할은 어디까지나 악마의 척살이었다.

문명 전체가 신앙으로 나아가는 신정 일치 사회에서 신에 대한 믿음을 가지고 있다면 이단심문관의 표적이 되는 일은 없다.

그러나 점점 영지가 넓어지고 성국이 성립된다면 믿음이 부족하다는 이유로 철퇴를 가하는 경우가 생길지도 모른다.

'마녀 사냥 시대를 생각해 보면 충분히 그럴 수 있지.'

이들을 쓰기에 따라서는 아론의 강력한 검이 될 수 있었다.

다만, 그 검을 얼마나 잘 다루느냐가 중요했다.

"너희에게 필요한 것은 헌신이다. 폭력은 꼭 필요한 경우에만 쓴다. 아직은 일반 백성들에 대한 심문을 불허할 것이야. 마기를 지닌 자, 악마의 하수인, 마족, 악마를 찾아 처단하는 것이 기본적인 업무다."

"명심하겠습니다!"

"이단심문관들의 행동은 어디까지나 성서에 근거한다. 너희를 통제하는 상부는 세이라 대주교이며, 중요한 문제가 아니라면 그녀의 명령에 따르도록 한다. 만약 더 이상 잡아야 할 악마들이 존재하지 않는다면 성서의 핵심적인 가치와 신앙을 백성들에게 전파하도록."

"예!"

"마지막으로."

"……."

"이단심문관들은 악마에 대해 연구하고 그들을 파훼할 수 있는 방법을 찾는다. 당장은 다음 웨이브를 어찌 막아야 할지 고민하고 방어전을 설계해 보도록."

자신감에 가득 차 있던 이단심문관들의 눈동자가 흔들렸다.

악마의 머리통을 깨부수는 것은 어렵지 않다.

백성 교화도 마찬가지다.

하지만 거대한 악의 침공을 방어하는데 참모의 역할을 하는 건 어려운 문제였다.

원론적으로는 아론의 말이 맞다.

이단심문관이면 악마에 정통한 것이 순리 아니던가.

"저희가 할 수 있을까요?"

"여신의 계시가 있으셨다."

"오오오!"

여신이 보증한다고 하자 그들의 눈동자가 활활 타올랐다.

'계시'는 그들에게 꺼지지 않는 연료였다.

아론이 계시를 내세워 실패하지 않고서야 절대적인 믿음을 갖게 하는 장치였다.

"뱀파이어를 막아 낼 수 있는 최적의 경로를 설계해 보이겠습니다!"

이단심문관들은 전의를 불태우며 집무실을 나갔다.

아론은 다시 펜을 들었다.

"알렉스 베르칸, 악마의 뚝배기를 깨는 것도 좋지만, 네 놈은 원래 참모 포지션이었다. 본업은 해야지?"

베르칸 시를 노을이 황금색으로 물들이고 있었다.

다채롭게 떠다니는 구름이 아름다운 형상을 만들어 냈다.

도시 곳곳을 비추고 있는 긴 그림자.

농부는 일을 마치고 귀가했으며, 상인들도 하루의 장사를 접었다.

멸망해 가는 세상이라고는 볼 수 없을 정도의 풍경이라 모두 감사를 느끼며 살아가지만 이 평화를 위해 아론은 야근에 시달렸다.

"하……. 영지 시찰은 기본에 서류 작업까지. 막노동이 따로 없다."

아론은 한숨을 내쉬었다.

테라스에서 차라도 한 잔 마실 시간을 내기도 힘들었다.

모니터 속으로 보는 세상에서는 클릭 한 번으로 주인공을 굴릴 수 있었지만, 현실에서는 매우 어려운 일이었다.

그나마 힘을 주는 것이 영지의 발전이었다.

중급 경험치 던전이 열리면서 병사들의 실력도 일취월장하고 있었으니, 영지와 군대를 경영하는 맛이 있긴 했다.

"보스를 잡으면 짭짤하긴 할 거야. 내일 정도면 보스전을 할 수 있겠지."

짭짤한 경험치와 보상 체계.

이런 재미라도 없으면 벌써 번아웃이 왔을 것이다.

"주군!"

아론이 커피를 그리워하며 생각에 빠져 있을 때, 온몸이 피에 절은 마이어 경이 달려왔다.

꽤나 당혹스런 표정이었다.

칼슨 경이라면 몰라도 이 침착한 기사단장이 당황할 정도라면 뭔가 일이 터졌다는 뜻이다.

"경이 어쩐 일인가? 지금쯤 몬스터 토벌을 하고 있어야 할 텐데."

"토벌 중에 하이드 공작가의 기사를 구출했습니다."

"하이드 공작가?"

"예!"

하이드 공작가.

베론 왕국 3대 명문가로 통했으며 왕족 가문이다.

현 하이드 공작은 선대 국왕의 동생이었기에 왕국 내에서는 제법 입김이 강했다고 할 수 있었다.

물론 그것도 옛날 얘기지만.

국왕이 주권을 포기한 순간, 왕국이 멸망한 것이었으니 작위가 갖는 가치는 낮아졌다.

예전 같으면 중요한 문제였지만, 공작 가문 기사를 구출한 것에 큰 의미를 부여할 수는 없다.

"그런데?"

"구출한 기사는 주군도 들어 보셨을 겁니다. 마일스 경이라고, 공작가 기사단장입니다."

"그건 좀 흥미가 당기는데."

전 대륙이 망하고 있는 참이다.

공작 가문 기사단장이 오라클 영지 근처를 어슬렁거렸다는 것은 공작령의 상태가 심각하다는 뜻도 됐다.

마일스 단장 정도면 마이어 경과 비교해도 손색없는 실력을 가지고 있었으니 꽤 쓸 만한 인재라고 하겠다.

"마일스 경은 공작이 보낸 사신으로, 목숨을 걸고 구원 요청을 온 겁니다."

단순한 개인의 망명이 아니라 구원 요청이라면 문제는 심각해진다.

아론은 치료소로 향하며 디펜스 워의 메인 스토리를 좀 생각해 봤다.

마신의 세력이 이 땅에 득세하였고, 전 대륙이 무너지는 추세였다.

시간의 차이일 뿐, 결국 주인공의 가문만 남아 암흑에 대항한다는 것이 큰 줄기였다.

하지만 대륙이 단숨에 멸망하지는 않는다.

큰 가문은 기사와 병사의 숫자가 많았기에 오래 버티는 것이 가능했다.

후반으로 갈수록 거대한 가문이 등장하였으며 영지전의 형태로 디펜스가 시작되기도 하는 것이다.

정치를 완전히 배제할 수 없다는 뜻이다.

'공작은 왕족이지. 이 시대에 합법적으로 작위를 집어삼킬 수 있는 수단이 될 수 있다.'

아론은 남작이었다.

국왕이 죽고 베론 왕국은 멸망했기에 그가 작위를 올릴 수 있는 방법은 없었다.

스스로 자작이나 백작 등을 칭할 수는 있겠지만 그래서야 별 의미가 없기도 했다.

만약 아론이 공작 가문을 잇게 된다면?

'베론 왕국 전체를 집어삼키더라도 뒤탈이 없어지겠지.'

작위가 가진 한계, 그것을 돌파할 수 있다는 의미다.

하이드 공작 가문을 돕는 것은 확률적으로 뜨는 퀘스트인 만큼 클리어하는 것이 무조건 이익이었다.

아론은 디펜스 워를 플레이했던 유저들의 공략 글을 떠올렸다.

[무식하게 점령만 한다고 끝이 아니다. 타 영지를 흡수하고 다스리려면 명분이 필요한데, 신앙심만으로 통치하는 것은 한계가 있다. 잘못하면 반란이 일어나 게임 전체를 돌이킬 수 없게 된다.]

[왕실 가문과 주인공이 결혼해 혼맥을 만드는 것이 가장 좋지만, 공작 가문도 나쁘지 않다. 결국은 그들도 왕족이기 때문이다. 공작 가문 영애와 결혼하든지, 공작의 양자가 되든지 하여 가문을 장악하면 추후 왕국을 삼키는데 도움이 된다.]

일종의 명분 퀘스트다.

공작 가문을 통째로 삼키면 거기서 얻어지는 재화라든가 인구, 병력, 기사단 등이 꽤 도움이 되지만 명분만큼 큰 가치는 없다.

생각을 하다 보니 어느덧 치료소였다.

새로 지어진 치료소에는 일반 백성들도 많았다.

언제나 개방되어 군인과 백성 할 것 없이 치료를 받을 수 있었다.

일종의 무료 치료소로, 신앙 문명의 강점이라 할 것이다.

"오셨어요, 영주님?"

"세이라 대주교, 바쁠 텐데 고맙군."

"뭘요. 병자를 치료하는데 당연한 일이죠."

세이라는 밝게 웃었다.

그녀와 함께 일하는 교단 사람들도 열심히 움직였다.

이것이야말로 종교의 순기능일 것이다.

"한 시간 전에 타 영지의 기사가 다쳐서 들어왔다고 들었는데."

"이쪽이에요."

치료소 구석 침상에 붕대로 칭칭 감긴 기사가 누워 있었다.

주변에 피로 물든 옷이 잘려 있는 걸 보니 상처가 깊었던 듯싶다.

"남작님을 뵙습니다."

"그냥 누워 있도록."

"어찌 그럴 수 있겠습니까? 많이 회복되어 괜찮습니다."

마일스 크라이온.

이 곰 같은 덩치를 가진 남자는 거대한 도끼를 사용하는 것으로 유명했다.

보이는 그대로 둔탱이지만 충성심은 매우 깊다.

어설프게 작업해 넘어오는 경우는 없기에 기회가 올 때까지 편하게 대하는 것이 맞다.

'일이 잘 풀려 내가 공작이 되면 자연스럽게 얻을 수 있는 인재지.'

"편한 대로 하게."

쿵!

마일스는 바닥에 그대로 무릎을 꿇었다.

땅바닥에 머리를 박자 덜 아문 상처가 터지며 피가 줄줄 흘렀다.

실로 야만스러운 광경이었다.

'멀쩡한 기사라면 몰라도 이렇게 심하게 다쳤는데, 굳이 머리를 박아야 하나?'

마이어 경을 보니 아주 흐뭇한 표정이었다.

"충직한 기사의 표상이군요. 다쳐서 몸도 성치 않을 텐데, 주군의 명을 수행하기 위해 극상의 예를 표하다니. 훌륭합니다!"

"……마일스 경, 이러는 이유가 뭔가."

"도와주십시오, 남작님!"

"도와 달라니?"

"하이드 가문이 멸망 직전입니다!"

마일스의 말은 디펜스 워의 설정 그대로였다.

[언데드의 침공에도 공작은 굳건하게 버텼으나 그들의 전염력이 문제였다.

인구가 많은 만큼 끊임없이 죽은 자들이 다시 일어나 동료들을 공격했다. 이 충격적인 전술에 영지는 무너지고 공작령 본성은 포위됐다.

공작 역시 전투 중 부상을 입은 가운데 마일스 크라이온이 목숨을 걸고 신성 군주 아론 오라클에게 도움을 요청한다.]

'게임 속이었다면 보상도 명확하게 표시가 되었겠지.'

무려 공작 가문이었다.

창고를 뒤져 보면 고가의 장비를 얻을 수 있을 것이다.

최소한 레어, 어쩌면 유니크까지.

아이템을 얻을 수 있다는 것만으로도 공작 가문을 도울 이유는 충분했다.

다만 아군을 설득할 명분은 반드시 필요했다.

"경의 말은 알겠다. 허나 국왕께서 주권을 포기하실 만큼 모든 영지가 어렵다는 사실은 알고 있을 터이다."

"남작님은 보통 군주가 아니십니다. 신성 군주로서 여신을 대리한다는 소문이 파다합니다. 실제로 와 보니 알겠더군요. 정말로 이 영지는 축복을 받고 있구나…… 하는. 제발 도와주십시오!"

마일스는 굉장히 간절했다.

아론은 일단 한 번 튕겼다.

게임의 내용을 알고 있었기에 퀘스트를 클리어하면 상당한 보상을 받게 된다는 사실을 확신했지만 영지의 기사들은 그 사실을 모른다.

공작 가문이라도 목숨을 걸어가며 원군을 보낼 의리는 없었다.

'자, 어찌 나올 것이냐?'

마일스도 일단은 기사단장이었다.

곰처럼 우직해도 정치에 대해 아예 모르는 것은 아니다.

"공작께서는 모든 백성이 오라클 영지로 이주하길 바라십니다."

"그게 말이 되나."

"가문의 후계자들은 모두 죽었고, 공작께서도 오래 못 버티십니다. 그러니 오라클 영지로 백성을 보내는 것이 낫다고 판단하신 것이지요."

반대하려던 마이어 경의 입이 다물어졌다.

인구의 증가는 아무리 강조해도 모자라지 않았기 때문이다.

공작 가문 정도면 상당한 식량을 비축하고 있기도 했고 말이다.

아론은 마일스를 일으켰다.

"상의해 보고 내일 아침까지 답을 주겠네. 어차피 야밤에는 움직일 수 없다는 사실을 경도 잘 알 것 아닌가."

"그건…… 그렇습니다."

"그러니 하룻밤이라도 푹 쉬고 있게."

"배려에 감사드립니다."

어둠이 내려앉은 도시.

통행 금지령을 내리지 않았지만 사람이 돌아다니지는 않았다.

낮보다 밤에 몬스터가 강해진다는 사실이 널리 퍼진 까닭이다.

척! 척!

병사들은 완전 무장을 한 채 돌아다니며 혹시 모르는 위협에 대비했다.

"영주님을 뵙습니다!"

"고생한다."

아론을 발견한 병사들이 경례를 올리고 다시 순찰 업무에 들어갔다.

영지 광장 분수대 앞.

몇몇 젊은 커플이 데이트하기도 했지만, 그마저도 집으로 돌아가는 중이었다.

"이쯤이면 되겠군."

지금부터 하는 이야기는 꽤 민감한 내용이었다.

"경은 이 문제를 어떻게 생각하나?"

"인구를 늘릴 수 있다는 점에서는 꽤나 매력적인 제안입니다. 아무리 공작령이 망했어도 초대형 영지였습니다. 그러니 2만 정도는 데려올 수 있을 겁니다. 잘 하면 병력과 기사단도 흡수할 수 있겠지요."

"병력은 그리 많지 않을 거다. 기사도 마찬가지겠지. 얼마나 궁지에 몰렸으면 공작이 남작에게 도움을 요청하겠나."

"그도 그렇군요."

"모든 조건을 감안하고 말해 봐라."

마이어 경은 심사숙고에 들어갔다.

그는 아론이 신성 군주를 '연기' 하고 있다는 사실을 아는 유일한 사람이다.

이 문제를 종교적인 이유에 접목하면 망설일 필요도 없다.

몇 만이 될지도 모르는 백성을 교화할 수 있는 기회였으니까.

하지만 영지의 이익만 생각하면?

"리스크가 너무 큽니다. 공작령이 무너졌을 정도면 전투가 매우 치열했다는 뜻입니다. 괜히 오라클 영지의 전 병력을 갈아 넣을 수도 있죠."

"경의 말이 맞다."

아론 역시 공작령의 인구를 흡수한다는 측면으로만 접근하면 도박에 가까운 일이라고 생각했다.

전 병력을 갈아 넣고 아무것도 건지지 못할 가능성이 컸기 때문이다.

잘못하면 오라클 영지도 함께 망할 수 있었다.

"거절할까요?"

"아직. 다른 한 가지만 더 고려해 보지."

"어떤……?"

"내가 하이드 공작이 되면 어떻겠나. 아론 하이드 오라클 공작이 되는 거지. 두 가문을 승계한 군주가 이런 식으로 미들네임을 넣는 경우가 종종 있다. 오라클 가문이 하이드 가문을 정식 승계하는 것이다."

심각했던 마이어 경의 얼굴이 금방 펴졌다.

종교가 아닌 정치적인 문제로 접근한다면?

"그럼 이야기가 좀 다르지요."

오라클 영지 치료소.

마일스 크라이온은 남작이 생각해 보겠다는 답변을 받았음에도 실현 가능성이 거의 없다고 생각했다.

일반적인 경우에는 그게 맞다.

국왕이 주권을 포기한 순간, 오라클 영지가 공작의 구원 요청에 따를 의무는 사라졌다.

그럼에도.

'오라클 남작은 다르다.'

신성 군주를 표방하는 베일리의 사도 아닌가.

그는 치료소를 방문하는 병사와 기사는 물론 백성들에게도 신성 군주의 평판을 확인했다.

[우리 영주님이요? 악신이 날뛰는 세상에서 유일한 구원자시죠. 베일리께서는 그분을 선택했습니다. 제가 직접 목격한 기적만 해도 셀 수 없어요.]

[이 지옥 같은 세상의 유일한 등불이십니다.]

[공작령의 구원이라……. 저는 잘 모르겠네요. 사도께서는 베일리와 소통하시는 분이니 계시가 있으면 구원을 가실 수도 있죠.]

'백성들의 반응은 믿을 수가 없을 정도다.'

병사와 기사, 심지어 교단 사람들까지 한 목소리를 낸다는 것은 쉽지 않은 일이다.

그들은 진정으로 아론 오라클이 세상의 유일한 구원자라 생각했다.

그 증거는 마일스도 보았다.

'영지 전체로 퍼진 신성 보호막. 마물은 결코 들어올 수

없었으며 원래부터 영지를 돌아다니던 놈들도 힘을 잃었다.'

이만하면 없던 신앙심도 생길 판이었다.

마일스는 여신의 계획하에 살아났다.

이런 구사일생은 정말 말도 안 되는 인도였다.

죽을 위기에 처했다가 하필 몬스터 토벌을 나온 기사단장에게 구원받았다?

뭔가 계시가 있다고 생각할 수밖에 없었다.

"자애의 여신 베일리여, 우리를 빛의 길로 인도하소서."

생전 처음으로 마일스 크라이온의 입에서 기도문이 흘러나왔다.

자정 무렵.

하루 종일 담당 업무에 종사하던 가신들이 퀭한 눈으로 회의에 참석했다.

문관들은 당연히 죽상이고 기사도 힘들기는 마찬가지였다.

오늘 이단심문관으로 임명된 자들도 영지를 돌아보고 전략을 짜내느라 잠을 이루지 못했다.

'바람직하군.'

아론은 만족스럽게 웃었다.

영지가 아주 잘 굴러가고 있다는 증거였다.

"이야기는 모두 들었을 것이다."

"공작령에서 구원을 요청했다는 말이죠?"

"맞다."

칼슨 경은 피 냄새를 풀풀 풍기는 채였다.

하루 종일 던전에서 늑대인간을 잡아 댔으니 당연한 결과다.

던전은 아직 정리되는 중이라고 하니, 보스전을 하겠다고 굳이 무리할 필요는 없었다.

칼슨이 한숨을 내쉬며 말했다.

"우리에게 그럴 병력이 있을지 모르겠는데요."

"무리하지 않는 수준이라면 500명까지 투입할 수 있다."

마이어 경이 나서며 여론을 긍정적으로 조성했다.

영지만 생각하면 도박이 맞다.

하지만 그는 아론의 의도를 정확하게 분석하고 있었다.

'이는 미래에 관련된 문제다. 공작이 모든 백성을 오라클 영지로 보내기로 마음먹었는데 작위쯤은 넘겨주겠지.'

후계자도 모두 죽었단다.

만약 공작령에 후계자가 살아 있었으면 이런 고민은 하지 않았다.

그냥 병력만 들이붓는다?

고민할 가치도 없다.

마이어 경이 이렇게 나서는 것은 아론이 공작 작위를 이을 수 있다고 확신했기 때문이다.

"말도르 경은 어찌 생각하나."

"여신의 백성이 몇 만이나 공작령에 있습니다! 당연히 구출해야 한다고 봅니다!"

"이단심문관장은?"

"이는 여신의 인도가 아닌가 합니다."

"왜 그리 생각하지?"

"오라클 영지 내에서도 교화해야 할 백성들이 있습니다. 공작령이라면 더 심하겠지요. 이런 때일수록 여신의 말씀에 의지해야 한다고 생각합니다!"

"저는 반대입니다. 괜히 병력을 모두 밀어 넣었다가 잃으면 다음 웨이브를 막기 벅찹니다. 남을 구하다 우리가 죽는 것은 본말전도이지요."

"하지만 제레미 경! 이는 종교적으로 해석해야 할 문제입니다!"

"이단심문관장의 신앙심을 의심하는 바는 아니지만, 과연 여신께서도 그리 생각하실지 모르겠습니다."

"당연히 그리 생각하시겠지!"

"그만."

잘못하면 싸움이 날 것 같아 아론이 개입하며 말렸다.

기사들은 일제히 입을 다물었다.

"문관들은 어찌 생각하나?"

"공작령이니 인재도 많겠죠."

"……!"

카일 경의 말에 문관들의 눈이 돌아갔다.

인재?

현실은 글이나 숫자를 이해하는 사람이 드물어 기사들에게까지 아쉬운 소리를 해야 했다.

신전에서 도움을 주고 있어 버티고는 있었지만, 매일 이어지는 야근에 관청에서는 곡소리가 울려 퍼지는 중이었다.

일할 사람이 늘어나면 그보다 좋을 수는 없다.

"저는 찬성입니다."

"저도 찬성해요! 인재가 들어오면 제가 굴릴 수 있어요!"

"아니, 아가씨까지……?"

제레미 경은 문관들의 말을 듣고 깊은 생각에 잠겼다.

모두 저마다 의견을 냈다.

대체적으로 공작령으로 구원군을 보내야 한다는 의견에 긍정적이었다.

마이어 경이 만족스럽게 웃으며 정리했다.

"주군, 결국 이 문제는 주군께서 결단을 내리셔야 합니다. 어렵다면 여신께 여쭈어 보시는 것이 어떻습니까?"

"그게 합당하지."

이번 사건은 오라클 영지의 미래를 결정지을 수 있을 만큼 큰 문제였다.

공작령을 구원한다?

단순한 구원이었다면 이렇게 의견이 갈리지도 않았다.

공작이 서신으로 간곡하게 부탁했고, 공작령 백성을 모두 오라클 영지로 보냈으면 한다고 했다.

단숨에 오라클 영지의 인구가 두 배 이상 증가한다는 뜻이다.

"이미 여신께서 계시하시었다."

"오오! 그렇다면 이야기가 빠르죠."

"여신께서 계시하였다면 당연히 가야 합니다."

반대하던 제레미 경도 말을 바꾸었다.

이것이 '계시'의 힘.

반대할 이유가 완전히 사라진 것이다.

"마이어 경, 기병 100기와 보병 400명으로 출병한다. 내일 오전에 바로 출발할 것이니, 아침이 되면 준비하도록."

"명에 따르옵니다!"

"이번 작전에는 말도르 경과 알렉스 경, 마이어 경이 간다. 나머지는 맡은 바 임무에 충실하고 있도록."

"오빠 저도요!"

"너는……."

"언데드 계열이 적이라면서요? 그럼 태워 죽이는 것이 빠르지 않아요?"

"그건 아가씨 말씀이 맞습니다."

기사들은 반대하지 않았다.

몇 번이나 레냐가 전투하는 모습을 봤기 때문이다.

위험천만하게 정면에 나서지도 않고 멀리서 원거리 지원만 해 주었으니 반대할 이유가 없는 것이다.

여신의 계시라니 비교적 쉽게 처리할 수 있을 것 같기도 하고.

아론은 웬만하면 S급 인재인 레냐를 두고 가고 싶었지만, 그녀가 함께하면 큰 도움이 되는 것은 사실이었다.

"반드시 조심해야 한다. 네가 죽으면 이 오빠도 무너진다."

"걱정 마세요! 저도 오빠랑 오래오래 살고 싶거든요."

"좋아. 오늘은 푹 쉬도록."

"……."

회의가 끝나자 새벽 1시였다.

다들 푹 쉬라는 아론의 말 만큼은 동의하기 어려웠다.

이른 아침.

아론부터가 새벽같이 일어나 준비하니 기사들이라고 용 뺄 재주가 있는 건 아니다.

고작 4시간을 자고 일어나 준비하니 피로함이 역력했다.

'전투는 내일 벌어질 거야. 잠은 해 떨어지고 자면 된다.'

아론도 악덕 영주는 아니다.

문관들이야 빡세게 굴려도 상관없지만, 기사들은 컨디션이 중요했다.

잠을 재우지 않고 굴리면 전투력에서 심각한 문제가 발생할 수 있었으므로 오늘은 쉬엄쉬엄 진군해 저녁쯤 취침에 들어갈 것이다.

"안녕하세요, 영주님!"

"세리아 대주교, 아침부터 무슨 일인가?"

"이거 한 잔 드세요."

"이건 뭐지?"

"시험으로 만든 성수예요."

"성수!?"

"포션보다 못하지만……. 피로 회복 정도는 가능하겠죠?"

아론은 깜짝 놀라 성수를 받아 들었다.

여신의 기적으로 불리는 성수.

포션은 영지 외곽에서 발견되는 트롤의 피를 뽑아 제작했지만, 성수는 아무나 만들 수 있는 것이 아니었다.

사제 중에서 성수를 만들 수 있는 '스킬'을 각성해야 했으니 조건이 매우 까다로웠다.

여신에 대한 믿음만으로 성수를 만들 수 있었다면 이단심문관이 각성하는 순간 축수를 할 수 있었어야 한다.

"대주교가 만들었을 것 같지는 않고."

"베카가 만들었어요. 축수를 하니 성수가 되더라고요."

"허."

놀라운 일이다.

한편으로 이해는 됐다.

오라클 영지의 문명이 신앙이었으므로 그와 관련된 직종이 출현할 수밖에 없었다.

마도 문명에서는 마력 물약을 만들 수 있는 마도사가 탄생하기도 했으므로 성수 제조사는 그러한 맥락에서 이해할 수 있다.

아론은 성수를 마셔 봤다.

[하급 상태 이상이 모두 해제됩니다.]
[5분간 HP 회복률 +1]

"훌륭하군!"

마시는 순간 몸에 빛이 어렸다.

하급 성수였기에 효과는 미미하였으나 없는 것보다는 낫다.

약간의 피로는 하급 상태 이상으로 치부되었으므로 말끔하게 몸이 회복된 느낌이었다.

성수 제조사 베카가 기사들에게 성수를 나누어 주는 동

안 아론은 세이라와 이야기를 나누었다.

"영주님! 이번 원정에 저도 함께 가도 될까요?"

"대주교가?"

"네! 분명히 많은 도움이 될 거예요."

"험난한 길이다. 대주교는 여기서 교단을 재건해야지?"

"신의 종이 되어 어찌 시련을 두고 보겠어요? 제가 가야 사상자가 조금이라도 줄어들 것이랍니다."

그건 부정하지 못한다.

세이라의 치료술은 수준급이었다.

사제들도 저마다 특기가 있기 마련이다.

치료술은 사제라면 모두 사용할 수 있었지만, 세이라는 그중에서도 독보적이었다.

아론이 가진 힐을 몇 단계나 뛰어넘었으며 광역 힐이 가능할 정도로 진화했다.

"부탁드릴게요."

"……반드시 레냐의 곁에 붙어 있도록."

"네!"

세이라는 방방 뛰며 기뻐했다.

언데드 군단을 상대하러 간다는데 저렇게 기뻐할 수가 있나.

아론이 문명의 방향을 신앙으로 정했지만, 인간의 세뇌란 이토록 무서운 것이었다.

준비는 모두 끝났다.

중갑 기병 1백, 보병 4백.

아론과 마이어 등의 기사가 참여했으며, 레냐와 세이라도 함께했다.

지금 시점에서 이 정도 전력을 투사하게 되었다는 것은 실로 대단한 일이었다.

"남작님! 이렇게 결단을 내려 주시니 감사할 따름입니다!"

"경은 아직 환자 같은데, 쉬지 그러나."

"기사가 염치가 있지 어찌 그러겠습니까? 다행히 대주교님의 치료술이 예사롭지 않아 빨리 나았습니다."

곰 같은 사내, 마일스 크라이온이었다.

거대한 베틀엑스를 등에 꽂고도 별 무리 없이 다니는 것을 보니 맷집 하나는 끝내줬다.

[마일스 크라이온은 잘만 키우면 최강의 탱커가 된다. 신성 군주가 되는 순간 메인 탱커는 유저일 수밖에 없지만, 보조 탱커가 있다는 것으로도 큰 도움이 되지.]

아론은 어느 유저의 커뮤니티 글을 떠올렸다.

대다수 고인물 유저들은 마일스 크라이온이 굉장한 탱커라는 사실을 알고 있었다.

확률적으로 발생하는 이벤트에서 얻을 수 있는 인재였기에 더욱 인기가 높았다.

전우애를 핑계 삼아 친분을 다질 수 있다면 나쁘지 않은 일이다.

"출발한다!"

'공작 작위도 계승하고 보조 탱커도 얻고. 인구까지 대폭 증가시킬 수 있으니 일석삼조다.'

하이드 공작령.

베론 왕국 중북부에 위치한 이 영지는 대대로 왕실의 직할령이었다.

건국 초부터 왕실의 품에 있던 땅은 30년 전, 초대 하이드 공작이 국왕으로부터 작위를 받아 인수했다.

오랜 시간 왕실에서 관리해 왔기에 아름다운 풍경이 일품이었으며, 하이드 공작이 부임한 후에는 인공 호수를 조성하는 등 관광지 개발에 힘썼다.

그 결과, 하이드 공작령은 왕국에서도 손꼽히는 관광지가 되었으나 그 찬란했던 유산은 1년이 되지 않아 무너졌다.

반파되고 무너진 성벽, 여기저기 널려 있는 시신에 이르기까지.

도시의 미관만 신경 쓴 나머지 방어를 도외시한 것이 큰 실책으로 이어졌다.

한때 5만에 달했던 인구는 2만 이하로 급감했으며, 3천이 넘었던 병사들은 500도 남지 않았다.

공작령의 위기는 이뿐만이 아니었다.

본령을 제외한 모든 도시와 마을이 언데드에게 넘어갔다.

군대는 피난민을 지키다 쓰러져 갔다.

무엇보다 랭턴 하이드 공작의 마음을 아프게 하는 것은 후계자들의 전사였다.

작위를 이어받아야 할 자식이 모조리 죽었으니 그의 마음은 수만 갈래로 찢어졌다.

그는 흐리멍덩한 눈으로 부관에게 물었다.

"……전사자는?"

"오늘만 백 명이 넘었습니다."

"허허."

올해 예순을 넘긴 공작은 힘없이 웃었다.

기뻐서 웃는 것이 아니다. 모든 것이 덧없기 때문이었다.

"얼마나 버티겠나?"

"솔직히 절망적입니다."

오랜 충신이자 벗인 레올락 자작이 이렇게 말할 정도면 정말 가망성이 없다는 뜻이었다.

자식들이 모두 죽어 공작이 직접 방어전을 지휘하고 있

었지만 그것도 역부족이었다.

심지어 그는 전투 중 언데드에게 물리기까지 했다.

손목에서부터 시작된 변이가 팔을 타고 올라가는 중이다.

신관들이 팔을 자를 걸 권했으나 하필이면 오른손이었다.

그는 최고 지휘관임과 동시에 왕국 제일검으로도 이름을 날린 이력이 있었다.

국왕으로부터 괜히 작위와 영지를 받은 것이 아니라는 뜻이다.

세월이 흐르며 검이 무뎌졌지만 그가 최전선에서 싸웠기에 이만큼이라도 버틸 수 있었다.

공작이 팔을 잘랐다는 소문이 들리는 순간, 군은 무너질 것이다.

그마저도 지금은 부질없는 짓으로 보였지만.

"마일스 경으로부터 연락은?"

"아직입니다."

"전사했을지도 모르겠군."

"……."

자작은 더 이상의 말을 삼갔다.

공작이 일개 남작에게 구원을 요청한 것은 그만큼 다급했다는 반증이다.

온 세상이 무너지는 와중에도 오라클 영지는 굳건하게 버텼다.

얼마 전에는 인육을 탐하던 악마 하수인, 베르칸 백작까지 처단하면서 그 명성이 왕국에 진동했다.

이런 세상에서 웬 소문인가 싶지만, 제아무리 악마들이 설쳐도 전서구 등을 이용한 통신망이 완전히 망가진 것은 아니었다.

소식을 접한 공작은 망설이지 않고 기사단장을 보냈다.

신성 군주 아론 오라클.

여신이 선택한 귀족이라면 결코 백성을 버리지 않을 거란 믿음이 있었다.

하지만 그것도 남작에게 소식이 도달해야만 가능성이 있는 일.

도중에 전사했다면 소식조차 닿지 않을 것이다.

"남작이 도와주기만 한다면 공작령을 맡길 생각이네."

"전하, 그것은."

"우리에게 무슨 희망이 있나. 나는 곧 죽을 걸세. 오라클 남작이 신성 군주로서 여신의 인도를 받는다면 그게 합당하겠지."

한때 야심 가득했던 공작은 존재하지 않았다.

힘없는 늙은이는 백성들의 방패가 되어 줄 젊은 군주가 구원해 주기만을 바랐다.

벌컥!

랭턴 공작이 붕대를 교체하고 있을 때, 전령이 들어와 한쪽 무릎을 꿇었다.

"전하! 마일스 단장님으로부터 전서구입니다!"

"정말인가!"

"예!"

공작은 빠르게 서신을 펼쳤다.

[신성 군주 오라클 남작, 중갑 기병 1백, 보병 400을 이끌고 출병. 내일 오후 당도.]

"되었군!"

"병력 500이라……. 너무 적지 않습니까?"

"적다니? 본인의 영지를 방어하기에도 빠듯한 것이 현실이야. 이런 가운데 남작이 병력을 500이나 추려 보낸다는 것이 어디 쉬운 일이겠나?"

자작은 고개를 끄덕였다.

맞는 말이다.

세상이 멸망하기 전에도 산골 오지 남작이 500명이나 되는 병력을 보내긴 힘들다.

남작은 나름대로 병력을 최대한 긁어모아 사지를 뚫고 온다고 했다.

공작령에 남아 있는 병력이 500.

오라클 남작의 병력이 도착하는 즉시 내응하면 희망이 있었다.

"전선으로 가세."

"또 검을 드십니까?"

"어차피 죽을 목숨, 백성을 지키다 쓰러지면 그것으로 족하다."

오라클 영지 남쪽, 최전방.

아론의 입장에서 최전방이란 신성 보호막의 끝을 말한다.

더 진군할 수도 있었지만, 그래서야 야영지가 마땅치 않았다.

이 순간에도 신성 보호막 밖은 지옥이었다.

언데드가 계속 몰려들며 아우성을 쳤다.

신성 보호막에 머리를 박고 죽어 나가는 놈이 부지기수였다.

이 살벌한 풍경 앞에, 오라클 영지의 병사들은 아무렇지도 않게 막사를 펴고 식사를 준비했다.

"남작님, 저것들이 신성 보호막을 뚫고 들어오는 경우는 없습니까?"

"결코 그럴 일은 없다. 여신의 힘으로 설치된 보호막이다. 드래곤이 브레스를 쏜다고 해도 뚫리지 않는다."

"그런……."

아론의 말에 마일스 크라이온은 혀를 내둘렀다.

'드래곤의 브레스에도 뚫리지 않는 보호막이라니? 그게 정말 가능한가?'

야영지가 완성되자 기병을 이끌고 나갔던 말도르 경이 보고했다.

"주군! 보호막 안쪽 5km으로는 적이 없습니다."

"고생했다."

"뭘요. 힘없이 걸어 다니는 언데드뿐이었습니다. 그놈들은 죄다 머리를 터뜨려 주었죠."

"식사해라."

"예."

지휘관 막사 앞에 기사들이 둘러앉아 사냥한 멧돼지를 구웠다.

신성 보호막 밖은 야생 동물이 야수로 변했지만, 보호막 안쪽은 멀쩡했다.

위기감을 느낀 동물들이 신성 보호막 안으로 피신했는지, 사냥감도 풍부했다.

기병들이 돌아다니며 사냥하니 모든 병사들이 배불리 고기를 먹을 수 있었다.

'야생 동물이 이렇게 많을 줄이야. 고기는 좋은 단백질

공급원이지. 영지로 복귀하면 사냥 전문팀을 만들어야겠어.'

타닥. 타닥.

식사 후에는 모닥불을 바라보며 차를 한 잔 마셨다.

가까운 곳에서 좀비들이 머리를 박아 대며 날뛰고 있었으나 야영지에는 아무 피해도 없었다.

기사들은 이제 이런 광경에 익숙해진 모습이었다.

마이어 경이 신성 보호막에 눈길을 한 번 주고는 말했다.

"주군, 영지 권역이 너무 넓어진 것이 아닌가 합니다. 현재의 병력으로는 결코 지킬 수 없습니다."

"모든 구역을 지킬 필요는 없다. 어차피 국경 전체는 못 막는다. 마신이 개입한 웨이브만 넘기면 토벌하는 수밖에. 도시나 마을도 마찬가지. 가치를 잃은 지역은 과감하게 버리고 멀쩡한 도시로 백성을 이주시켜야 한다. 인구가 줄어 그렇게 영지를 유지할 수밖에 없다."

선택과 집중의 문제였다.

모든 지역을 다 지키려다가는 허리가 휜다.

기사들은 만성적인 인력 부족에 시달릴 것이며, 외부 공격에 매우 취약해질 터다.

필요 없는 지역은 버리는 것이 현명했다.

"이번에 공작령에서 백성들이 밀려오면 어디에 수용합니까?"

"본령과 베르칸 시에 나누어 보내야지."

"수용력이 안 될 겁니다."

"불가능하면 알파드 요새도 생각하고 있다."

"알파드 요새는 이번에 웨이브가 오는 곳 아닙니까?"

"별수 없지. 성벽도 없는 곳에 백성을 수용할 수는 없지 않나. 우리가 패하는 일은 없으니 걱정 마라."

"……!"

가만히 이야기를 듣고 있던 마일스 크라이온이 깜짝 놀라 아론을 바라봤다.

"웨이브 장소를 알고 계십니까?"

"종류와 숫자까지 알고 있지."

"어, 어떻게?"

"계시다."

"허어."

말도 안 된다는 듯한 표정이었다.

그러나 기사들은 그런 마일스를 이상한 눈으로 쳐다봤다.

'광신인가, 진실인가?'

그건 두고 보면 알 일이다.

아론의 군대는 남쪽으로 빠르게 이동했다.

신성 보호막이 형성된 내부에서는 천천히 움직여도 되었

지만, 벗어나는 순간부터는 긴장의 끈을 놓칠 수 없었다.

지금은 디펜스 워의 극초반을 벗어난 상황.

하찮은 고블린, 하급 언데드, 오크 따위가 아니라 진보된 존재들이 등장하기 시작했다.

고블린이 나오더라도 한 단계 진화한 홉고블린이, 언데드도 전염성을 갖추었으며 오크들 역시 무장을 갖추었다.

난이도가 올랐지만, 진군 자체는 문제가 없었다.

눈앞을 가로막는 적은 중갑 기병이 박살 낸다.

멀리 있는 경우라면 화살을 날려 벌집으로 만들었으며, 숫자가 많을 땐 아론이 직접 돌격해 쓸어버렸다.

포위만 되지 않으면 문제없었다.

그렇게 반나절.

아침 일찍 일어나 해가 뜨자마자 이동을 시작해 하이드 공작령 본령에 도착했다.

공작에게는 시간이 없다는 사실을 아론도 잘 알았다.

하지만 무작정 돌격했다가는 무슨 사달이 일어날지 알 수 없었으므로 상황은 확인하고 가야 했다.

군대는 완만한 언덕으로 이동했다.

500명의 군대였기에 모두 전황을 살피게 했다.

"처참하군."

"크윽……. 전하……."

자신이 모시는 주군이 간신히 버티고 있는 모습을 보면

어떤 기사라도 복장이 뒤집힐 것이다.

그럼에도 마일스 크라이온은 인내를 가지고 버텼다.

그도 전황을 확인하지 않고 돌격하는 것은 자살행위이라는 사실을 잘 알고 있었기 때문이다.

"으음."

썩은 피 냄새가 바람을 타고 오자 아론도 눈살을 찌푸렸다.

진군하며 마일스에게 몇 번이나 공작령 본령의 상황을 들어 심각함은 인지하고 있었다.

상태가 정작 이 정도일 줄은 몰랐지만.

"주군, 언데드의 숫자가 3천은 넘을 것 같습니다. 더 심각한 것은 놈들에게 물려 사망하면 얼마 지나지 않아 적으로 돌변한다는 사실이지요."

"어려운 전투가 될 것 같습니다."

마이어 경과 칼슨 경은 동시에 본령의 상태를 파악해 말했다.

"나도 그렇게 생각한다."

마일스의 눈에 절망이 어렸다.

성문은 한눈에 보기에도 반파됐다.

그 사이를 비집고 들어가기 위해 언데드들이 끊임없이 밀려들었으며, 시체가 쌓인 성벽으로 어떻게든 기어올랐다.

언데드의 특성은 다들 알고 있었다.

공포를 모르는 존재.

침식된 병사와 같은 경우에는 팔다리가 잘리면 두려움에 질리기라도 했지, 언데드는 그런 원초적인 감정도 없었다.

머리가 잘리지 않는 이상 무조건 나아간다.

성벽 위의 병사들도 그렇고 성문까지 처절한 전투가 이어졌다.

털썩.

아론은 무릎을 꿇었다.

모든 병사들이 함께 무릎을 꿇었다.

"자애의 여신 베일리여, 당신의 종이 악을 멸하기 위해 이 자리에 왔나이다."

'정확하게는 모든 자원을 털어 가기 위해 왔지.'

경건하게 퍼지는 목소리.

아론이 기도를 올리자 마일드 크라이온은 눈물까지 쏟으며 열성적으로 기도했다.

"여신의 인도로 이 땅에서 고통 받고 있는 백성들의 마음에 평화가 깃들기를 바라나이다."

'우리 영지에는 인재가 매우 부족하다. 공작령에서 근무하던 문관들은 그 실력 또한 출중하겠지. 그 인재들은 레냐가 잘 돌볼 것이다.'

"저 땅에 뿌려지는 피가 악을 향한 분노의 불꽃이 되어

적을 태우소서. 전장에 떨어진 전사들에게 용기를."

'이번 전투는 국가 건설의 밑거름이 될 것이다.'

"두려움에 떨고 있는 백성들에게는 희망을 주옵소서. 순교하는 자들에게는 천국의 상급을, 악마의 종자들에게는 자비 없는 철퇴를 내리소서!"

'공작이 가지고 있는 무형의 가치. 그것이 나를 왕의 길로 인도할 것이다. 그리고 그리하는 것만이.'

"돌격!"

"와아아아!"

'이 빌어먹을 세상을 돌파할 유일한 수단이다!'

두두두두!

무거운 중갑을 두른 기병이 속도를 냈다.

굳이 아론이 중갑 기병을 데려온 이유는 하이드 본령을 공격하고 있는 적들이 좀 더 강화된 형태의 좀비라는 사실을 알고 있었기 때문이다.

중갑 기병은 어느 전선에서도 큰 활약을 보이지만, 마갑 옷을 갖추고 있지 않은 적에게 엄청난 효과를 보인다.

정면이 아닌 적의 옆구리를 타격한다면 단 한 번의 돌격으로 진영을 흩어 버리는 것이 가능한 괴물이었다.

아론은 기병창을 꽉 틀어쥐었다.

"여신이여, 적을 무찌를 힘을 내려 주소서!"

[사방 150m 내에 신성의 오라가 발현됩니다.]

[HP 회복률 +4]

[언데드에 대한 대미지 +4]

"와아아! 여신께서 함께하신다!"

전보다 1.5배나 오라의 범위가 확장되었다.

버프는 여기서 끝나지 않았다.

'스트롱!'

[3분간 힘이 220% 증가합니다.]

내부에서 끓어오르는 강렬한 힘.

언덕을 타고 내려온 중갑 기병의 속도는 점점 **빨라졌다**.

한계 속력에 이르자 적이 눈앞에 보였다.

무조건적인 살의만을 가진 채 성벽을 기어오르고 있는 언데드.

튜토리얼에서 보았던 놈들보다 상태가 훨씬 좋았다.

좀비와 구울의 중간 형태였으며, 단단하고 긴 손톱을 가진 것이 특징이다.

놈들과 부딪치기 직전.

"참격!"

[상대에게 공격력 2.5배의 대미지를 입힙니다.]

스킬이 발현됐다.

참격은 모든 근거리 무기에 적용된다.

거창한 이름에 비해서는 단순하기 짝이 없는 스킬이었다.

아론의 기병창에서 새하얀 빛이 흘러나왔다.

그 빛이 전방으로 폭사되었다.

오라와 스트롱, 중갑 기병의 무식한 돌파력, 스킬, 기본적으로 가진 아론의 힘이 합쳐지자 엄청난 시너지를 만들었다.

쿠아아앙!

화려한 폭발이 일어나, 전방 3m가량이 그대로 쓸려 나갔다.

참격에 맞은 모든 좀비들의 몸도 터져 나갔다.

사방으로 뿌려지는 검은 피를 기병이 뚫고 지나갔다.

좀비의 피가 전염을 만들어 내는 매개체라는 사실은 모두 인지했다.

그럼에도 아론이 이런 선택을 내린 이유가 있었다.

[하급 상태 이상이 해제됩니다.]

아론의 뒤에서 달려오고 있는 말도르 경의 능력 때문이었다.

좀비의 전염성이라는 것도 결국 상태 이상의 일종이다.

하급 언데드가 일으키는 상태 이상은 '하급 상태 이상'이라는 뜻이었으므로 말도르 경의 능력으로 충분히 상쇄할 수 있는 것이다.

기병창을 놓은 아론이 바로 검을 뽑아, 정면을 가로막는 모든 것을 베어 냈다.

도저히 뚫고 지나가지 못할 정도가 되면 스킬을 사용해 뚫었다.

중갑 기병이 성벽을 스치듯 뚫고 들어가자 성벽을 막고 있던 공작의 군대도 조금은 여유를 찾았다.

적 진영을 가로지른 아론은 평야에서 반전했다.

"잘 쫓아와라! 이깟 전투에서 죽는 놈은 용서치 않을 것이다!"

"예!"

"가자!"

두두두두!

기병은 다시 적 진영을 뚫었다.

쿠아아앙!

찬란한 빛이 궤적을 그리자 언데드들이 속절없이 부서졌다.

'압도적이다!'

마일스 크라이온은 신성 군주의 등 뒤를 쫓기에 바빴다.

베론 왕국을 건국한 초대왕의 미담 중에서는 '일점돌파'라는 용어가 있다.

기병대 선두의 꼭짓점에서 압도적인 무력을 사용해 뚫고 나가는 말도 되지 않는 전술을 말한다.

군사 용어로 정립은 되어 있지만, 역사상 일점돌파를 사용한 사례는 손가락에 꼽을 정도였다.

그마저도 실패하는 경우가 대부분이었다.

하지만.

'건국왕의 전술이 먹히고 있다!'

신성 군주의 검은 망설임 없이 휘둘러졌다.

농부가 밀을 추수하듯 손쉽게 적을 쓸고 지나가는 것이다.

그 뒤를 쫓는 기병은 그저 뒤쳐지지 않기 위해 안간힘을 썼다.

밀집에서 벗어난 적을 쓸어버리는 건 일도 아니었다.

마일스 크라이온조차 속력을 맞추는데 모든 신경을 기울였다.

"뒤쳐지지 마라!"

신성 군주의 목소리가 쩌렁쩌렁하게 울렸다.

"예!"

기병들은 합창하며 이를 사리물었다.

3천의 적이 꿰뚫렸다.

아군 보병까지 도착하자 언데드 군단이 사정없이 밀려나기 시작했다.

후우웅!

적진 한복판으로 화염이 치솟는 것이 보였다.

파이어 웨이브.

화염이 파도처럼 보인다고 해서 붙여진 이름이다.

10미터 범위 내에 언데드가 타 죽었다.

언데드가 불에 약하다는 것은 상식이다.

레냐 오라클의 마법으로 적 밀집 진영이 더욱 빠르게 무너졌다.

퍼억!

마일스가 휘두르는 도끼도 평소와 달리, 이상하게 언데드가 잘 죽는 느낌이 들었다.

그는 이것이 여신의 가호라는 것을 깨달았다.

'승리할 수 있다!'

가슴이 벅차올랐다.

신성 군주와 함께라면 어떤 전장도 무너뜨릴 수 있다는 자신감이 든 것이다.

퍼어어억!

아론이 이끄는 기병은 적진을 사정없이 갈라 버렸다.

언데드 군단이 두려운 이유는 압도적인 인해 전술과 밀집 진영에 있었다.

놈들은 성문과 성벽을 뚫기 위해 무조건으로 전진하던 도중에 옆구리를 들이받혔다.

진영이 한차례 무너지자 아군 보병이 전진해 적을 상대했다.

틈을 벌리는데 레냐 오라클이 큰 역할을 했다.

'레냐를 데려오길 잘했다.'

아무리 기병이 날뛰어도 그 숫자가 백 명이었다.

적은 3천이었기에 기병만으로는 전쟁을 끝낼 수 없을 터였다.

반드시 보병이 투입되어야 했는데, 레냐가 화염계 마법을 사용하자 적들이 주춤거렸다.

언데드가 불을 두려워하는 것은 당연한 일 아닌가.

대단위 마법인 파이어 웨이브는 빠르게 적을 태워 갔다.

오라클 군이 활약하자 공작 가문 측도 힘을 냈다.

숫자는 꽤 줄어들어 있었지만, 사기를 회복하고 적을 밀어붙이기 시작한 것이다.

"악마에게 죽음을!"

"여신의 축복으로!"

이단심문관들의 활약도 눈부셨다.

이 인간들은 광전사가 따로 없었다.

언데드 자체를 부정한 것으로 보고, 악마의 종이라 생각했으므로 눈깔이 뒤집혀 달려드는 것이다.

보병은 이단심문관들의 뒤를 쫓아가기 바빴다.

아론은 다섯 번째 돌격을 앞두고 말에서 내렸다.

"말도르 경! 경이 기병대를 지휘한다!"

"주군께서는?"

"나는 공작 가문 보병이 나올 수 있도록 도울 것이다. 앞뒤에서 포위해 섬멸한다."

"예!"

기사들은 아론이 고작 좀비 따위에게 죽을 거라 생각하지 않았다.

기병들이 한 번 더 길을 뚫으면 성문까지 빠르게 도달할 수 있었으므로 하나라도 적을 죽이는 것이 아론을 돕는 길이었다.

"그럼 조심하십시오!"

기병이 지축을 울리며 돌격했다.

팟!

아론은 깃털 부츠의 옵션을 이용해 쭉쭉 치고 나갔다.

상대적으로 달리는 속도가 느린 중갑 기병과 비교해 전혀 뒤쳐지지 않았다.

성문 위에서 군을 지휘하는 공작의 모습이 보였다.

'그럼 대미를 장식해 볼까?'

하이드 본령 성문 위.

랭턴 하이드 공작은 간간히 성벽으로 올라온 언데드의 머리통을 날려 버리면서 오라클 남작의 활약을 지켜봤다.

몇 번의 기병 돌격을 하는 동안 그는 일점돌파를 사용했다.

신성한 빛과 함께 적들이 뭉텅이로 쓸려 나갔다.

고작 500명의 병력으로 무슨 구원을 한다는 건지 믿지 못했던 병사들도 그 활약을 마주하자 마음을 고쳐먹었다.

"신성 군주가 함께한다!"

"와아아아!"

아군의 사기가 살아났다.

남작이 돌격을 거듭할수록 난이도가 떨어지는 것이 느껴졌다.

오라클 군 보병의 활약도 눈부셨다.

병사들의 환호성은 화염계 마법이 떨어졌을 때, 절정에 이르렀다.

"고위 마법사다! 이제 살았어!"

사기가 살아나니 죽어 가는 병사들의 숫자도 현저하게 줄었다.

"전하! 저길 보십시오."

"허어."

말에서 내린 아론 오라클 남작이 엄청난 속도로 쇄도했다.

기병이 지나가는 속도에 맞춰 성문 앞으로 다가온 것이다.

곧 성문 앞에 아론 오라클이 버티고 섰다.

콰과과광!

벼락과 같은 파괴력이 연이어 일어났다.

하얗게 물들어 있는 검이 찬란한 빛의 궤적을 그렸다.

남작이 든 방패도 폼은 아니었다.

방패와 검을 동시에 휘두르며 혼자서 전장을 압살했다.

실제로는 기병과 보병, 아군의 공격까지 어우러져 적이 무너지는 것이었지만, 공작의 눈에는 혼자 전장을 뒤흔드는 것처럼 보였다.

"내 판단은 틀리지 않았다."

"괴물이 따로 없군요."

그 활약에 힘입어 성벽을 타고 올라오는 좀비의 숫자가 현저하게 감소했다.

공작이 검을 꽉 틀어쥐고는 성벽을 벗어났다.

"주군?"

"내 인생 마지막 불꽃을 태울 것이다."

공작이 나서자 그의 절친한 벗이자 부관, 레올락 자작이 뒤따랐다.

언데드에 전염된 공작은 오늘 죽는다.

'마지막 전투를 하겠다는데 친우가 받쳐 주어야겠지.'

강력한 명분 219

"후욱! 후욱!"

아론이 전쟁의 신처럼 군림하고 있는 것처럼 보였지만, 실상은 팔다리가 쑤시고 숨이 턱까지 차오르고 있었다.

검을 휘두를 때마다 인간의 형상을 한 좀비의 몸이 뭉개졌다.

그의 주변에 시신이 산처럼 쌓였다.

지옥도나 다름없는 현장은, 죽음의 향기가 지독하게 코를 찔렀다.

아론은 검과 방패를 휘두르며 전장을 눈에 담았다.

'아군이 압도적이지만 피해가 꽤 있다.'

어쩔 수 없는 일이다.

전략적으로 전황을 뒤집으려 노력했고, 피해를 최소화하기 위해 아론이 동분서주하였지만 이 역시 전쟁이었다.

하나둘 기병이 쓰러지자 말도르 경은 후방으로 빠져 말을 휴식하게 했다.

지친 기병이 쉬는 동안 보병이 더욱 깊숙하게 진군했다.

"와아아아아!"

성문의 바리케이드가 풀리며 공작 가문의 보병이 쏟아져 나왔다.

언데드와 아군이 치열한 접전을 벌였다.

쇳소리는 들리지 않았다.

좀비는 맨몸이나 다름없이 싸웠기에 전염만 조심하면 크

게 문제 될 것이 없었다.

말도르 경이 전장으로 복귀하자 상황은 더욱 좋아졌다.

"말도르 경이다! 전염을 조심할 필요 없다! 밀어붙여!"

쿵!

언데드 군단이 빠르게 무너졌다.

아론은 방패를 바닥에 내려놓고 잠시 쉬었다.

"오라클 남작!"

"공작 전하를 뵙습니다."

"정말 고맙네! 자네가 아니었다면 전멸했을 것이야."

"저는 계시에 따랐을 뿐입니다."

"계시라!"

공작은 연신 고개를 끄덕였다.

누가 봐도 아론은 신의 신실한 사도였다.

온몸에서 광휘를 뿜어내며 적을 쳐 죽이는 모습은 여신의 가호가 임했음을 증명했다.

모든 일을 신앙과 결부시키는 모습은 사람에 따라 좋게 보이지 않을 수 있지만, 지금은 아니다.

여신의 계시를 받고 공작령을 구원하기 위해 왔다?

개소리로 들릴 수도 있었다.

'마신의 군대가 전 대륙을 검게 물들이고 있는 상황임에도, 자신의 목숨을 챙기지 않고 여기까지 구원을 나왔다는 자체가 일반 귀족이 할 수 없는 일이지.'

랭턴 하이드 공작은 감격한 표정이었다.

아론의 '인성질'이 먹혀들고 있다는 증거였다.

후계자가 모두 죽은 왕족.

왕국까지 멸망한 상황에서 신의 사도가 나타났으니 어떤 판단을 내릴지는 뻔했다.

그림에도 아론은 방심하지 않았다.

무조건 랭턴 공작이 아론에게 작위를 물려준다는 그림을 만들어야 하는 것이다.

아론은 방패를 들었다.

"나머지 이야기는 전투가 끝나면 하겠습니다."

"그러세!"

"여신께서 함께하시니 내게 두려움이 없으리로다."

쾅!

아론이 자리를 박차며 전쟁터로 뛰어갔다.

용감한 기사를 흉내 내는데 최선을 다하는 것이다.

전투는 마무리 단계였다.

마지막 한 놈까지.

서걱.

아론은 검은 피를 질질 흘리며 달려오는 언데드의 목을 쳤다.

피로 물든 대지 위로, 시신이 겹겹이 쌓였다.

이놈의 언데드들에게 두려움 따위는 존재하지 않았다.

일반적인 전투에서는 전력의 30% 정도만 손실이 나도 사기를 잃는 것에 비해, 언데드는 끈질기게 아군을 물고 늘어져 피해가 컸다.

저벅. 저벅.

아론은 질퍽해진 전장을 걷다 종종걸음을 멈추었다.

"영주님……."

"천국에서 보자."

"기다리겠습니다."

퍼억!

부상이 심해 도저히 회생이 불가능한 경우와, 전염이 심각해 언데드로 변하기 직전의 병사들은 직접 머리를 뚫어 보내 주었다.

곳곳에서 이와 같은 일이 벌어지고 있었다.

야만적이고 잔혹하지만 자비로 여겨졌다.

아론에게 충성을 바쳤던 장병의 목숨을 직접 끊는 것은 여전히 적응이 되지 않았지만.

"후우."

"고생하셨습니다, 주군."

"우리 측 피해는?"

"정확하게 집계해 봐야겠지만 지금까지 확인된 바로는 사망 30명가량에 부상 100명 정도로 추산됩니다."

"상당하군."

"다행히 중상자는 많지 않아 총 사망자는 50명 정도가 될 것 같습니다."

마이어 경의 말에 아론은 피로한 얼굴로 고개를 끄덕였다.

엄청난 피해라고는 할 수 없지만, 적은 피해 역시 아니다.

아군 병사들이 전우의 시신을 거두었다.

성안으로 들였다가 합동 장례식을 치를 예정이었다.

"오라클 경."

"전하를 뵙습니다."

아론은 한쪽 무릎을 꿇고 극상의 예를 취했다.

마치 왕국이 망하기 전처럼 상급 귀족에게 예의를 차리는 것이다.

성벽 앞에는 많은 사람들이 몰려와 있었다.

'내가 왕실의 계보를 잇게 된다면 엄청난 이익이다. 다른 영지를 흡수해도 명분이 있기 때문이지.'

복잡한 과정이 생략된다는 뜻이다.

귀족제의 특성을 생각하면 중요한 문제였다.

"일어나게, 남작! 자네가 아니었다면 우리는 모두 죽었네. 정말 감사하게 생각하네."

공작이 고개를 숙여 보였다.

공작 가문 기사들과 병사들도 마찬가지였다.

그들은 아론이 고귀한 희생을 치렀다고 생각했다.

'사전에 이벤트의 내용을 알지 못했다면 절대 오지 않았을 것이다.'

확률적으로 발생하는 공작 가문 구출 퀘스트.

병력이나 인구, 자원 등을 획득할 수 있지만 끊어진 왕통을 잇는 것이 가장 큰 보상이다.

공작은 반드시 아론에게 작위를 승계할 것이다.

그의 상태를 보니 얼마 버티지 못할 것이 분명했기에 '인성질'이 추가로 들어가 주어야 한다.

공작 가문의 병력과 인재를 흡수하려면 반드시 필요한 작업이다.

"저는 그저 여신의 뜻에 따랐을 뿐입니다. 그분이 계시하였으니 반드시 의도가 있을 것이라고 생각했습니다. 신의 자식 된 자로서 계시를 따르는 것은 당연한 일입니다."

"그럼에도 용기가 필요했을 것이네."

"이제 무거운 짐을 내려놓을 수 있겠다는 생각이 들었습니다."

"무거운 짐을 내려놓는다니?"

"제가 알기로 수도에 계시는 왕족은 모두 여신의 품으로 돌아가셨습니다. 이 왕국에서 공작님이 마지막 왕통이라는 뜻입니다. 폐하께서 각자도생을 명하셨으나 우리에게는 구심점이 필요합니다."

"……"

공작가의 모든 사람들이 고개를 끄덕였다.

세상이 망했어도 인류의 구심점이 될 사람이 있다면 다시 일어날 수 있다.

이는 공작 가문 사람들에게 아론의 이름을 박아 넣는 작업이었다.

'공작의 최측근을 제외하면 그가 죽는다는 사실을 모른다. 내가 공작의 죽음을 예측하고 있다고는 상상도 못 하겠지.'

공작의 상태는 결코 좋지 않았지만, 피로감 때문이라 생각할 수 있었다.

피로에 절은 사람은 수없이 많았으니까.

아론의 이런 결심(?)은 진심처럼 느껴졌다.

"공작께서는 왕국을 호령해 인류를 위한 벽을 만들어야 합니다. 그러한 결심은 결코 이 나라에 국한된 이야기만은 아닌 줄 아옵니다."

"정말 충성심이 깊은 귀족이로군."

"왕국의 귀족으로서 당연한 일이지요. 왕위에 오르신다면 충심으로 보필하겠나이다."

"허허허허!"

공작은 시원하게 웃었다.

점점 그의 눈동자가 검게 변색되는 것이 보였다.

변이가 급속하게 진행되고 있다는 증거였다.

그는 아론을 일으켰다.

"아론 오라클 남작! 내 부탁을 들어주게."

"공작님의 명이라면 무엇이든."

"들어주겠다고 여신의 이름을 걸고 약속해 줄 수 있겠나?"

"……하명만 하십시오."

"자네가 작위를 이어 주게."

"예!?"

"……!"

아론은 정말 깜짝 놀랐다는 표정을 지었다.

공삭 가문의 사람들도 마찬가지였다.

이런 이야기가 나올지 몰랐다는 표정이다.

"천부당만부당하신 말씀입니다! 이렇듯 정정하신 왕족이 계시는데, 그 무슨."

철컥.

공작이 갑옷을 벗었다.

상의를 탈의하자 팔에서부터 시작된 전이가 심장을 지나 머리로 올라가고 있었다.

변이가 진행되어 변하기 직전이었다.

아니나 다를까.

"쿨럭!"

"전하!"

그는 급기야 검은 피를 토했다.

아론은 모든 상황을 알고 있었지만, 처음 본 사람들은 기겁했다.

공작은 마지막 남은 이성을 짜냈다.

"레올락, 내 친우여."

"그……래."

"아론 오라클 남작은 인류의 유일한 빛이야. 자네도 보았을 터."

"……인정하네."

"아론 오라클 남작을 양자로 들이겠네."

"허나!"

"내 유언일세."

"허허허, 이 친구야. 뭘 그리 급하게 가나."

"그것이 인류를 위한 내 마지막 선물이야. 오라클 남작!"

"예, 전하!"

"내 아들이 되어 주겠나?"

"……예, 아버지."

공작에게는 죽음이 드리워져 있었다.

모든 사람이 지켜보는 중이었다.

이곳이 공개된 장소가 아니었다면 추후 말이 나올 수도 있겠지만, 공작의 유언은 모두 알아들을 수 있을 만큼 선명했다.

"이 나라를……. 인류를 부탁한다. 다 무너져 얼마 남지 않았으나 가문의 모든 것을 네게 상속하겠다."

공작이 가문을 상징하는 반지를 빼서 아론에게 끼워 주었다.

약식이었지만 아버지가 아들에게 가문을 승계하는 작업

을 마친 것이다.

주변의 분위기는 매우 엄숙했다.

그야말로 번갯불에 콩 볶아 먹는 수준이었지만, 분위기와 상황이 모든 사람을 납득하게 만들었다.

아론 덕분에 목숨을 구한 것이 사실이기도 했고.

"편히 눈을 감으십시오."

"마지막으로……. 괴물로 죽고 싶지는 않구나. 마기가 잠식되는 것이 느껴진다. 머지않아 괴물로 변할 것이니 아들의 손으로 죽여 다오."

아론이 주변을 바라봤다.

공작가 가신들은 고개를 끄덕였다.

모두가 납득했으니 그것으로 되었다.

우둑!

공작의 머리가 돌아갔다.

빠르게 뻗어 가던 마기의 침식이 멎었다.

그는 인간답게 죽은 것이다.

아론은 공작의 시신을 안고 일어났다.

공작 가문 사람들이 그에게 머리를 조아렸다.

"공작 전하를 뵙습니다!"

"전우의 시신을 수습하고 간단하게 장례식을 치를 것이다. 내일 해가 뜨는 즉시 여신의 땅으로 들어간다."

'한고비 넘겼다.'

전투가 끝났다고 모든 것이 끝난 것은 아니다.

오늘 안에 공작령의 물자를 모조리 끌어모은 후 해가 뜨는 즉시 탈출해야 한다.

신성 보호막 밖은 어딜 가나 위험하다.

광장에는 본령에 저장되어 있는 물자들이 가득 쌓이기 시작했다.

죽어 간 전우의 시신이나 공작의 시신도 대충 관을 만들어 두었다.

피가 질척하게 흐르는 참혹한 광경.

하지만 이런 멸망의 시대에 관이라도 만들어 장례식을 한다는 것은 매우 큰 결심이 필요한 일이었다.

'위험해도 어쩔 수 없지. 정통성 확보를 위해서는 장례식을 열어야 한다.'

장례식에 참여하지 않은 자식은 정통성을 인정받을 수 없다.

그렇지 않아도 아론은 선대 공작의 유지만으로 작위를 이었다.

지금은 전투가 끝난 지 얼마 되지 않아 누구도 태클을 걸지 않겠지만, 왕국이 성립되는 과정에서는 잡음이 나올 수도 있었다.

그러니 미래를 위해 완벽한 승계 과정이 필요했다.

선대 공작은 공식적으로 유언을 했고, 수많은 사람들이 들었다.

손가락에 끼고 있는 가문의 인장을 빼서 직접 끼워 주기까지 하였기에 누구도 아론이 공작 위에 오르는 것을 막지 않았다.

장례식은 승계의 마지막 과정이었다.

"고생하셨습니다, 주군."

"마이어 경."

바쁘게 움직이는 사람들.

내일 당장 공작령을 빠져나가야 한다고 하니 다들 정신없이 움직였다.

주변이 번잡했기에 아론과 마이어 경의 목소리는 본인들이 아니면 알아들을 수 없었다.

"드디어 이루셨군요."

"시작일 뿐이지."

"사실 베론 왕국의 계보는 없어도 신성 왕국을 성립할 수 있지만, 공식적인 작위를 받으셨으니 반발이 줄어들 겁니다."

"그걸 노린 거다."

"다만 가족 관계에 문제가 없겠습니까?"

"가족 관계?"

"레냐 아가씨께서 많이 섭섭해하셨습니다."

"그 아이라면 그렇게 생각할 수도 있겠다. 나는 레냐를 달래야 하니 전후 처리를 계속해라."

"예, 주군."

아론은 항상 혈육을 중시해 왔었지만, 레냐와 정말 혈육 관계인 건 아니었다.

지금은 진짜 가족과 같은 감정을 느끼고 있지만, 처음에는 필요에 따라 친분을 쌓으려 했다.

아론은 광장 한곳에 멍하게 앉아 있는 레냐의 곁에 앉았다.

"오, 오빠?"

"왜 그러고 있니?"

"저는……."

"내가 다른 가문의 사람이 됐다고 생각하는 건 아니고?"

"아니에요……?"

"내가 공작 가문의 아들이 되었으면 너 역시 딸이 되는 거지. 우리는 언제나 혈육으로 남아 있을 거야."

"저, 정말이죠?"

"그럼. 네가 공녀로 인정받지 못한다면 작위는 벗어던지련다."

"……!"

레냐는 눈물을 글썽거렸다.

"오빠아!"

그러고는 아론의 품에 안겨 울었다.

정말로 불안했던 모양이다.

가신들은 피도 눈물도 없을 만큼 쥐어짜면서 가족에게는 매우 약한 면모를 보이게 된다.

'원래 레냐 오라클의 설정이 그렇긴 했지.'

"나 어디 안 간다."

"믿을게요."

레냐도 달랬으니 절차를 마무리할 때였다.

노을이 지는 광장.

핏빛이 번지며 참혹하게 변한 도시에 닿았다.

분수대 앞에는 수많은 시신이 안치되어 있었다.

대충이라도 예의를 갖추어 관을 만들었으며, 2만에 달하는 군중이 모였다.

장례식이 화려할 필요는 없다.

고인을 기억하는 예의일 뿐이지, 대충 관을 만들고 매장하는 것이 풍습이었다.

아론이 선대 남작을 보낼 때도 마찬가지였다.

"전하, 시간이 없는 관계로 한 말씀만 하시면 장례식을 끝내겠습니다."

아론은 레올락 자작의 조언을 받아들였다.

어차피 할 말이 많지도 않다.

공작을 개인적으로 알지는 못했으니까.

"성스러운 전투에서 순교한 전사들에게 경의를 표한다. 그들의 육신은 이 차가운 바닥에 뉘었으나 그 영혼은 승천했다. 그대의 전우들은 내 아버지 랭턴 하이드 공작과 함께 천국의 삶을 누릴 것이니, 너무 가슴 아프게 생각하지 말라."

"……."

"고인을 추억하고 기억하되, 우리는 죽음이 끝이 아니라는 사실을 깨달아야 한다. 그것이 여신의 계시이며, 우리 모두에게 내려진 축복이다. 부디 평화와 안식이 함께하길, 천상의 빛이 영혼을 비추고 그들의 용기가 우리에게 스며들어 악을 멸할 수 있는 힘이 되어 주기를."

짧은 묵념이 이어졌다.

그 후, 광장에 모인 시신은 화장되었다.

모든 것은 아론의 계획대로였지만 가슴 깊은 곳에서 느껴지는 씁쓸함은 완전히 지울 수 없었다.

하이드 공작령 영주성.

도시 곳곳이 반파되고 피로 얼룩져 있었지만 영주성 만큼은 깔끔했다.

북부의 지배자라 불리던 베르칸 백작의 영주성도 훌륭했지만, 이곳은 그보다 화려했다.

티끌조차 허락하지 않는 대리석과 곳곳에 걸려 있는 미술품에 이르기까지.

외부의 위협만 없다면 어떻게든 영주성으로 삼고 싶을 정도다.

이 아름다운 건축물도 내일이면 비워야 한다.

공작가 가신들은 그 점을 매우 안타깝게 생각했다.

해가 완전히 지고 어둠이 내린 밤.

평소 회의를 하던 대전에 양측 가신들이 모였다.

공작 가문 가신들은 총 10명.

전투를 하다 전사해 몇 명 남지 않은 것이다.

어색한 분위기 속에 아론이 영주의 좌에 앉았다.

"마이어 경, 근무는 계속하고 있나?"

"3교대로 경계하고 있습니다. 언제 어디서 마물이 튀어 나올지 알 수 없어 각별히 신경 쓰고 있습니다."

"내일까지는 피해가 없어야 한다."

"밤을 새워서라도 근무하겠습니다."

"아니, 돌아가는 길에도 전투가 예상되니 공작가 기사들과 교대로 쉬어야 한다."

"예."

기존 공작 가문 가신들은 아론의 말을 그냥 듣고 있었다.

다들 처참한 심정이었다.

선대 공작이 죽고 가문의 계보에서 벗어난 아론이 작위

를 승계한 상황.

공작의 유언이 있었어도 기뻐할 수는 없다.

가만히 이야기를 듣고 있던 레올락 자작이 앞으로 나섰다.

"전하, 노신이 한 말씀 올려도 되겠습니까?"

"하고 싶은 말이 있으면 언제든 해도 좋다."

"굳이 발전된 공작령을 버려야 하나 싶습니다. 어떻게든 방어하여 쓰는 것이 낫지 않겠습니까?"

"이 땅에 애착을 가지고 있는 마음도 이해는 된다. 허나 동의할 수 없다."

"이유가 무엇입니까?"

"여신의 땅으로 들어가는 것만이 생존할 수 있는 유일한 길이기 때문이다."

"여신의 땅에는 어떤 이점이 있습니까? 신학적인 부분이 아니라 실질적인 이득을 알고 싶습니다."

"그건 제가 말씀드리겠습니다."

마일스 크라이온이 한 발 앞으로 나왔다.

아론은 작게 고개를 끄덕였다.

마음껏 발언하라는 의미다.

"자작님, 저는 오라클 영지가 신성 보호막으로 보호받고 있음을 직접 경험했습니다. 신성 보호막 안으로는 적이 결코 침입할 수 없으며, 기존의 마물들은 힘이 약화된 상태입니다."

"몬스터가 들어올 수 없다?"

"뿐만 아닙니다. 오라클 영지는 신의 힘이 미치는 곳이니 농사가 가능합니다. 봄이 되면 농지가 황금빛 물결을 이루리라 봅니다."

"허어."

웅성웅성.

공작가 가신들은 저마다 의견을 교환했다.

선대 공작의 유언이라도 2만에 달하는 목숨이 달려 있었으므로 신중해야 했다.

분명 반대하는 자들도 있었다.

아론은 10분 정도 시간을 준 후 쐐기를 박아 버렸다.

"경들이 신질서에 편입된다면 계급이 바뀔 것이며, 생활 수준도 낮아질 것이다. 부귀영화를 포기해야 할 수도 있겠지. 허나 여기 있으면 전부 죽는다. 지금은 실용성을 따질 때가 아니다. 아무리 화려한 보석이 있다고 한들 사용하지 못하고 죽으면 끝나는 것. 우선은 살아남고 보아야 한다."

"좋은 말씀입니다만……."

"강제는 아니다."

"……!"

"굳이 나와 적대하고 정책에 반대하며 여신의 땅으로 들어가는 것이 불만이면 여기서 살아도 된다."

"저희가 약속의 땅에 들어가는 것은 여신의 뜻이라지 않았습니까?"

"그것이 강조의 이유가 되나. 굳이 여신을 따르지 않겠다는데 내가 무슨 수로 막겠나. 괜히 불화가 일어나는 것보다는 애초에 쳐 내는 것이 낫다. 한 가지 명심해야 할 것은 이것이 마지막 기회라는 것이다. 나는 한 번 배신한 인간을 용서할 만큼 관대하지 않다."

아론은 매우 강경했다.

남으려면 남아라.

다만, 나중에 위험에 처한다고 죽는소리는 하지 말라.

마지막으로.

"판단 잘 하도록. 약속의 땅에는 그 어떤 권위도 허락하지 않는다. 오직 신의 말씀에 의지해 영지가 운영된다. 신의 말씀에 반론을 제기하면 참수한다."

"으음."

공작령 가신들의 눈은 더욱 흔들렸다.

다시 마일스 경이 나섰다.

"제가 눈으로 보았습니다. 오라클 영지로의 이주가 유일한 생존 방법입니다. 오늘만 해도 죽다 살아나신 분들이 반대할 의사를 보인다니, 실망입니다."

"반대라니? 생존을 위해 따져 보는 것이지."

"상의는 물러나서 해라. 그럴 여유 없다."

사람들은 고개를 숙였다.

본인들이 생각하기에도 생명의 은인을 앞에 두고 가타부타 의견을 다는 것이 사리에 맞지 않다 여긴 것이다.

"회의를 파한다."

가신들이 빠져나갔다.

이곳에 레올락 글레스넌 자작만이 남았다.

선대 공작의 친우이자 전 기사단장 출신.

그는 얼마 전까지 공작의 부관이자 검술 교관으로 활약했다.

주로 기사단 검술을 지도했으니, 굉장한 고급 인력이라는 뜻이다.

"무슨 일인가."

"전하, 지금 당장은 순응한다고 쳐도 오라클 영지에서 철권통치를 펼치면 반발이 나올 수 있습니다. 모든 것이 신의 말씀이라는 것도 사실 믿기 힘든 부분이 있지요. 제가 베일리의 사도를 의심하는 것은 아니지만 문제를 봉합할 방법이 있으신지요?"

"경이 뭔가 오해했군. 나는 믿음을 강요하지 않는다. 오라클 영지의 백성들이 신의 말씀에 의지하는 것은 모두 자발적이다."

"어찌하여……?"

"자연스럽게 알게 된다. 신의 역사하심을 두 눈으로 목격하면 믿지 않을 도리가 없지. 여신 베일리는 있지도 않은 가치를 믿으라고 강요하는 분이 아니다. 시간이 흐르면 내 말이 무슨 뜻인지 깨닫겠지."

"과연……. 알겠습니다."

"할 이야기는 그것으로 마지막인가?"

"계속 토를 달아 죄송합니다만, 민감한 사안이 있습니다."

"뭔가."

"레냐 아가씨 말입니다. 그분을 공녀로 받아들이신다는 것은."

"다른 사람들이 반대할 것이다?"

"선대 공작님의 유지와 맞지 않습니다."

"나는 혈육을 버릴 생각이 없다. 작위가 지니는 가치와 가족을 비교한다면 주저 없이 가족을 택할 것이야. 선대 공작께서 살아 계셨다면 나를 이해하고, 레냐 역시 딸로 받아들였을 것이다. 그 문제는 논의의 가치가 없다."

"……예."

"물러가라."

'레냐를 내 호적에 올리지 않는다고? 말도 안 되는 일이지.'

아론은 강력하게 말했다.

그의 뜻을 알았으니 자작도 가신을 설득해 레냐를 공녀

로 만들 것이다.

레올락 자작이 사라지자 괜히 긴장이 풀어졌다.

"후우."

"주군."

"마이어 경, 아직 안 갔나."

마이어 경은 문 옆에서 아론과 레올락 자작의 이야기를 듣고 있었다.

문제가 발생하면 적절한 조언을 하기 위해서였다.

"제가 보기에도 문제가 생길 것 같기는 합니다."

"그래서 막지 않겠다고 한 것이다. 지금 꼴을 보니 일부는 이곳에 남을 것 같기도 하다."

"미연에 막는 것이군요."

"우리는 문제아까지 케어할 여력이 없다. 그럴 바에는 처음부터 싹을 자르는 것이 낫지."

"맞는 말씀이시군요."

아론이 미숙한 정치인이었다면 어떻게든 전부 포용하려 했을 것이다.

하지만 디펜스 워는 그리 만만한 게임이 아니다.

영주에게 반대한 세력이 생기면 암세포처럼 파고든다.

반란이 일어난 시점에서 끝장이었으니 그런 상황을 미연에 방지하는 것이 답이었다.

다음 날 아침.

동이 틀 무렵, 광장에는 2만에 달하는 백성들이 모여 있었다.

아직 초가을.

오라클 영지만 해도 꽤 쌀쌀했지만 공작령은 아직 괜찮았다.

밤새도록 이사 준비를 마친 백성들은 저마다 수레를 하나씩 준비했다.

당나귀나 소, 말을 이용해 수레를 끌도록 준비했으며, 가난한 자들은 여유가 있는 자들에게 부탁해 짐을 실었다.

여기저기서 부탁하는 모습도 보이고 싸움도 일어났지만, 그리 나쁘지 않았다.

이런 대규모 이동에 아무런 일이 일어나지 않는 것이 더 이상한 일이다.

한쪽에는 꽤 많은 재화가 쌓여 있었다.

공작령 본령에서 꺼낸 것으로, 모든 재화를 실은 것은 아니다.

왕족이자 공작이었던 가문답게 값비싼 미술품과 골동품들이 꽤 남았다.

금과 은이 아니면 전부 이곳에 내버려 두기로 결정했다.

'당장은 아니어도 머지않아 여기까지 신성 보호막이 활성화될 거야. 그럼 자연스레 손에 들어오겠지.'

똑똑.

레냐가 들어왔다.

대부분의 사람들이 밤을 새웠다.

그녀 역시 마찬가지였다.

여기저기 돌아다니며 조사하느라 잠을 이루지 못한 듯했다.

"오빠, 공작가 병력이 350에 기사가 셋이에요. 인구는 대략 18,000명으로 조사됐고요. 물론 정확한 수치는 아니에요."

"고생했다."

"뭘요. 어제 들었어요. 저와 작위 중 하나를 선택하라면 미련 없이 작위를 포기하겠다고요."

"당연하지. 말하지 않았더냐."

"고마워요."

레냐는 진심으로 고마워하고 있었다.

아론이 자신을 버리면 어떻게 하나 걱정이 많았던 모양이다.

"너는 내 동생이야. 이 세상에 너보다 중요한 사람은 없다."

"네!"

레냐는 환하게 웃었다.

그녀는 필요에 따라 어린아이를 연기하곤 했다.

속을 뜯어보면 성인보다 생각이 깊었으니 매우 영악한 아이였다.

아론은 그런 레냐를 고평가했다.

"가서 준비해라. 30분 내로 출발할 것이니."

아론은 총총걸음으로 빠져나가는 레냐의 뒷모습을 바라보며 웃었다.

애초에 선대 공작에게 충심이 강한 자들이 레냐 때문에 유언을 어긴다는 건 있을 수 없는 일이다.

어떤 경우라도 아론이 작위나 레냐 중 하나를 포기하는 일은 벌어지지 않는다.

'두 마리 토끼를 다 잡는 것이 기술이지.'

본령 광장.

수많은 눈동자가 아론을 주시하고 있었다.

누군가는 불안을, 누군가는 희망을 안은 채.

선대 공작의 유언과 마일스 경의 증언으로 오라클 영지가 여신의 땅임을 알고 있었지만, 불안함은 가시지 않았다.

그럼에도 전원이 아론을 따르기로 했다.

레올락 자작이 수를 쓴 것이 분명했다.

공작령을 떠나기 직전.

"여신 베일리의 선택을 받은 백성들은 들어라!"

"……."

"너희는 죽음에서 구해졌다. 여신은 너희가 약속의 땅에 기거하는 것을 허락하셨다. 모두 성스러운 땅에서 기적을 체험할 터. 내가 며칠 전, 신께서 명령하셨을 때 출정을 망설이지 아니하였던 것은 승리할 것을 믿었기 때문이다. 여신을 배척하던 자, 그 믿음에 순응하지 않았던 자는 회개하라. 그분은 관대하시니, 죄인에게 기회를 주고자 함이라. 어떤 고난이 있더라도 신의 말씀에 의지해 나아가도록."

"와아아아!"

아론의 짧은 연설에 오라클 영지 병사들이 환호성을 내질렀다.

그에 비해 공작령 백성들은?

일부는 열광을, 일부는 멍한 표정을, 일부는 뭐 이런 사이비 교주 같은 놈이 있나 싶은 표정이었다.

"출발한다."

여러 반응이 혼재된 가운데도 아론은 흔들리지 않았다.

소위 배웠다는 인간도 오라클 영지에서는 강력한 믿음을 갖게 된다.

체계화된 정신 교육, 아론만 사용할 수 있는 특유의 시스템까지.

순진한 백성을 홀려 베일리의 신도로 만드는 것은 그리 어려운 일도 아니었다.

때는 바야흐로 가을로 접어들었다.

실내에서 가볍게 옷을 입고 있으면 다소 쌀쌀하게 느껴지기도 했다.

지난 일주일 동안 아론은 눈코 뜰 새 없이 바빴다.

무려 2만에 가까운 인원이 오라클 영지로 넘어온 상황.

새로 정착하게 된 자들은 기존의 영지민들과 달리 신앙 없는 자들이 꽤 있었다.

그 때문에 이런저런 마찰이 일어나기도 했다.

그때마다 대처를 해 준 사람은 가신도, 기사도 아닌 기존의 백성들이었다.

[아직 기적을 체험하지 않아 그런 것이니 우리가 이해해야지.]

[여신께서 말씀하시길, 이웃을 사랑하라 하셨다. 지금은 거칠어 보여도 신성 군주께서 기적을 보이시는 순간 바뀔 것이다.]

이건 정말 놀라운 변화였다.

백성들이 신앙의 분위기를 주도해 나간다?

생각지도 못한 효과였다.

신앙으로 점철된 분위기 속에서 공작 가문 가신들과 기사들도 정착했다.

인사 담당(?)을 겸하게 된 레냐가 적재적소에 인재를 배치했으며, 그들 역시 하루가 다르게 갈려 나갔다.

인원이 늘어난 덕분에 아론이 할 일도 늘었지만, 어찌어찌 버텨 나가는 것도 레냐의 덕이 컸다.

영지는 시끌시끌해도 제대로 운영되고 있었으나, 일부 불신자를 골라내 심판하는 것은 어쩔 수가 없었다.

신앙 문명에서 가장 경계해야 할 '신성 모독'은 도저히 넘어갈 수가 없는 중죄다.

사건이 발생할 때마다 이단심문관이 출동했다.

[감히 여신의 축복을 받은 땅에서 신성 모독을 하다니. 이는 그냥 넘어갈 수가 없다. 베일리의 이름으로 심판하니 지옥에서 반성하라!]

신성 모독을 일삼은 자들은 깡그리 색출해 죄의 경중에 따라 처형하거나 노동형에 처해졌다.

다사다난한 나날들이었다.

별로 즐길 거리가 없는 삶이었으나 지루함을 느낄 틈은 없었다.

하나의 일을 처리하면 또 하나의 일을 생기는 것이 중세였다.

"오늘은 즐거운 날이지."

아론은 산더미처럼 쌓인 서류를 처리하고 잠시 티타임을 즐겼다.

오후에는 중급 경험치 던전에 방문할 예정이었다.

아직 보스를 처리하지 못한 것은 던전이 생각보다 넓기도 했거니와 도저히 시간이 나지 않아서다.

오늘은 무리해서라도 일 처리를 끝냈으니 상자깡을 하는 마음으로 보스를 처리할 생각이었다.

똑똑.

"들어와."

"전하, 오늘 던전에 들어간다고 들었습니다."

"그랬지."

"그 전에 잠시 회의실에 들러 주실 수 있습니까? 그랑칸 남작이 방문했습니다."

행정부 차관에 봉해진 레올락 글레스넌이 찾아왔다.

인재는 어딜 가나 부족했기에 공작의 부관으로 활동했던 레올락은 귀한 인력이었다.

그는 기사 레미나 경의 밑에서 일하는 것에 대해 별다른 이견을 제기하지 않았다.

하루에도 수없이 많은 사람이 죽어 나가는 세상.

귀족제 자체가 박살 나고 있었으므로 직위 따위에 다툼을 벌이고 있을 시간은 없다.

"손님이라. 이런 세상에도 손님이 찾아오긴 하는군."

"목숨을 걸고 왔다고 봐야지요."

"바로 가지."

어차피 일도 끝났겠다, 잠시 그랑칸 남작을 만나고 던전에 들어갈 준비를 하면 될 것 같았다.

'그랑칸 남작이 찾아오다니.'

어쩌면 당연한 일일지도 모른다.

그랑칸 남작은 제후 귀족이었지만 선대 공작과 밀접한 관계를 가지고 있었다.

같은 당파에, 공작에게 충성을 맹세했었으니 작위를 받은 아론을 찾아오는 것도 이상하지 않았다.

"남작은 선대 공작님께 충성을 맹세했지만 순수한 의도는 아니었습니다."

"그렇다면?"

"기회주의자이며 야심도 많았죠. 자신의 출세를 위해 어떻게든 노력하던 사람이었습니다."

"그게 나쁜가?"

"예?"

"인간은 누구나 출세를 위해 노력한다. 꿈이 없는 자는 삶의 원동력을 잃기 마련이지. 사람이라면 모두 야심을 가지고 있다."

"허……. 새로운 관점이군요. 탄복했습니다."

야심으로 치면 레올락 자작도 만만치 않았다.

왕국이 멸망한 후 지금까지야 생존만 생각하며 살았겠지만 앞으로는 다르다.

오라클 영지는 인구 3만을 돌파했다.

정확하게는 32,000명 수준이었으며, 꾸준히 인구가 증가하는 추세다.

마이어 경은 신성 보호막 내의 백성을 구출하고 있었으며, 가끔 원정을 나가기도 했다.

사람이 모이다 보면 권력이 생긴다.

애초에 선대 공작이 아론에게 작위를 승계할 때 한 소리가 '왕국의 재건'이었다.

인간의 왕국이 재건된다면 가신들은 그 공로에 따라 개국 공신이 되는 것이었으니 눈 밑이 거뭇거뭇해질 때까지 일했다.

레올락 자작도 마찬가지였다.

'레올락 자작이 S급 인재라면 그랑칸 남작은 A+급 인재다. 보물이 제 발로 굴러 들어왔으니 쥐어짜는 것이 순리겠지.'

베르칸 시청.

중세에 시청이라니, 어감이 이상하긴 하다.

그래도 아론은 명칭을 바꾸지 않았다.

모든 영지는 직속으로 다스리며 행정관을 파견했다.

이는 절대 왕정의 기초가 될 터였다.

회의실에는 꽤 간사하게 생긴 30대 중반의 남자가 한쪽 무릎을 꿇고 있었다.

그랑칸 아데스터.

자작의 말대로 그는 기회주의자이며 야심을 가지고 있었으나, 상당히 출중한 행정 능력을 갖추고 있었다.

특히 보급 분야.

10년은 지난 이야기지만 남작은 베론 왕국이 이웃 왕국과 전쟁을 벌였을 당시, 보급관으로서 그 역량을 입증했다.

공로를 인정받아 영지가 조금 넓어지기까지 했으니, 훌륭한 인재라 할 수 있었다.

이보다 더 중요한 능력은 연금술이었다.

'연금술! 포션을 제작할 수 있다는 말이지.'

아론은 괜히 가슴이 벅차올랐다.

성수?

물론 좋다.

여신의 축복으로 뚝딱 제조가 가능했으니까.

하지만 외상을 치료하는데 거의 만능이라 할 수 있는 것이 바로 포션이었다.

트롤의 피를 사용하였으나 연금술사가 없으면 포션으로 만들 수 없다.

아론의 입장에서는 황금 호박이 넝쿨째로 굴러 들어온

격이었다.

"공작 전하를 뵙습니다!"

"부끄럽게도 선대 공작님의 유지만으로 작위를 이었다."

"어인 말씀을 그리하십니까? 절차는 모두 마무리된 것으로 아옵니다. 정당하게 양자가 되셨으며 승계식도 하였으니 법적으로 전하는 왕족이 되십니다."

'말솜씨가 꽤 좋아. 외교를 담당시켜도 잘한다는 이야기가 있었지.'

필요 이상으로 아부하는 야심가였지만 나쁘지 않다.

능력 있는 신하를 두는 것은 디펜스 워를 클리어하는데 가장 중요한 전략이다.

"오는 길이 힘들었을 텐데, 서신을 보내도 될 것을 어찌 직접 찾아왔나?"

"전하의 백성이 되고 싶기 때문입니다."

"……."

아론은 침착함을 유지했지만 속으로는 어지간히 놀랐다.

도움을 달라고 말할 줄 알았다.

시시각각으로 멸망해 나가는 세상 속에서 혼자 힘으로 영지를 지킬 수 있을 리가 만무했으니까.

그가 제안하면 오라클 공작령에 흡수하는 것으로 협상할 예정이었다.

하지만 그럴 필요가 없어졌다.

"신성 군주에 대한 소문은 왕국 내 파다합니다. 전하께서 공작 위를 이어받으시고 유일한 왕통이 되었다는 소문도 퍼졌지요. 일부 불온한 무리들은 전하의 권위를 인정하지 않으나 모두 그런 것은 아닙니다."

"경도 그중 하나라는 뜻이군."

"예, 오라클 영지와 하루 거리에 위치해 있으니 약간의 지원만 해 주신다면 모든 백성을 데리고 올 수 있습니다. 이미 준비를 마친 상태이기도 합니다."

"깔끔하군."

"황공하옵니다."

정말 놀라울 정도로 빠른 일 처리였다.

살아남기 위해 어디서 굴러먹었는지도 모를 산간벽지 영주에게 고개를 숙인다.

아론이 공작 위를 승계했다고 해도 마찬가지였다.

진짜 피로 이어진 것이 아니었기에 그의 작위는 최소한의 명분만 가지고 있을 뿐이었다.

이 간교한 남작은 오라클 영지가 빠르게 커지는 것을 감지하고 재빨리 고개를 숙이고 들어왔다.

"조건은?"

"저는 그저 충정에 의해 왔을 뿐입니다. 공작 가문에 충성하고 있으니 바라는 것은 없습니다."

'개소리를 이토록 아름답게 표현할 수 있나.'

이것도 재능이라면 재능이다.

아론은 생각에 잠겼다.

아무것도 바라지 않는다고 그냥 내버려 두면 반란이 일어난다.

남작은 출세를 바라고 찾아왔다.

오라클 가문이 베론 왕가를 계승하면 왕국이 탄생하므로 한자리해 먹고 싶은 것이다.

나쁘지 않은 거래였다.

그의 출세를 보장하면 아론은 이 훌륭한 인재를 쥐어짤 수 있었다.

"내가 절대 왕정을 추구한다는 사실은 알고 있나?"

"자작님께 들었습니다."

"혼란한 시대야. 도저히 기존의 봉건제로는 한계를 극복할 수 없다. 모든 전력을 한곳에 집중해야 하는 바, 힘을 모아 적을 격퇴해야 한다. 영지를 잃은 귀족이 힘을 쓰지 못한다고 말할 수 있겠으나 관료제의 관료는 새로운 기득권으로 성장할 것이다."

남작은 살짝 몸을 움찔거렸을 뿐, 담담하게 이야기를 들었다.

아론의 말은 남작을 새로운 기득권으로 만들어 준다는 소리로 들렸다.

"여신께서 말씀하시길, 경은 연금술에 소질이 있다고 하더군."

"헉! 그, 그걸 어찌 아셨습니까? 취미로 잠시 연구를 했었습니다만……."

"하급 포션은 제작하지 않나?"

"……맞습니다. 어떤 품목을 제작하는지도 아시다니. 정말 놀라운 일이로군요."

놀란 것은 남작뿐만이 아니었다.

자작도 같은 생각을 했다.

'남작이 연금술을 사용한다는 것은 극비인데. 전 국왕도 알지 못했던 사실이다.'

아론은 디펜스 워를 플레이하면서 얻은 지식이었지만, 실제 사람들이 그 사실을 알기란 불가능했다.

"그리 놀라운 일도 아니다."

"하오면 제 직위는……."

"보급관 겸 공식 연금술사로 명한다. 작위는 계속 유지할 것이나 공을 세운다면 달라질 수 있다."

쿵!

남작은 기사들처럼 바닥에 머리를 박았다.

쿵! 쿵!

두 번 정도 더 박아 피를 냈다.

전형적인 상남자식 충성 맹세로, 유행처럼 번지는 기사도 방식이었다.

무식한 표현이었지만 이것도 익숙해지니 보기에 제법 괜찮다.

"전 왕실 기사단장 제레미 경에게 명해 500의 병사를 붙여 주겠다. 경의 영지는 하급 언데드를 막느라 바쁘겠지. 이 전력이면 충분할 거다."

"정말 모르는 것이 없으시군요. 전하의 호의에 감사드립니다."

"경과 같은 인재는 환영이다. 현재 남아 있는 인구와 병력이 어찌 되나?"

"인구는 3천 정도이며 병력은 250입니다. 원래 500명까지 유지하고 있었으나 지속적인 전투로 소모하여……."

"괜찮다."

인구 3천에 병력 500?

미친 수준이다.

영지의 청년은 물론이고, 소년 병사까지 박박 긁어야 그 정도 숫자가 나올 것이다.

병력이 반으로 줄어든 것은 어쩔 수가 없는 일이라, 지금껏 버틴 것만 해도 용했다.

아론은 지체할 것 없이 마이어 경을 불러 명령했다.

그랑칸 남작이 다시 한번 감사를 올리고는 영지로 돌아갔다.

그들은 며칠 내로 이사를 올 것이다.

"전하, 더 이상의 검증은 필요 없겠습니까?"

레올락 자작은 걱정을 감추지 못했다.

남작이 선대 공작에게 충성을 맹세했는지는 몰라도, 그 속이 음흉하기 그지없다는 것이다.

"그래서 군권을 빼앗지 않았나."

"……!"

"보직도 직접적인 무력과 관련이 없다. 반란은 걱정하지 않아도 된다는 뜻이지. 질이 나빠 보이기는 했다만, 인재는 참교육을 해서라도 쓴다. 차라리 남작이 실수라도 해 줬으면 좋겠군."

아론은 가벼운 마음으로 연무장에 나왔다.

이미 연락을 받은 칼슨 경은 호위병 30을 대기시켜 놓고 있었다.

이 녀석도 은근히 행동이 빠르다.

가끔 나사 하나가 빠져 보이기도 했지만 꽤 능력이 있었다.

"주군! 총원 30명으로 출격 대기 중입니다!"

"고생했다."

"별말씀을."

"던전의 청소는 끝났나?"

"지시하신 대로 보스의 방을 제외하면 청소를 끝냈습니다. 지금은 좀비 던전에서 나온 인원을 밀어 넣고 있는 중입니다."

좀비 던전은 신병을 교육하는 장소다.

이번에 발견된 늑대인간 던전은 하급 병사들을 중급 병사로 전직(?)시키는 곳으로, 전 병력을 상향평준화시키는 데 매우 중요한 역할을 했다.

쓸모없는 좀비 사체와 다르게 늑대인간은 가죽이 질겨 하급 방어구를 만드는데 중요한 재료였다.

경험치 50% 증가 옵션으로 병사도 키우고 방어구도 만들고.

일석이조다.

"출발시켜라. 곧 쫓아가지."

"예, 주군!"

호위병은 전원 보병이었다.

아론은 말을 타고 갈 것이니, 병력이 도시를 벗어나기 전에 쫓아갈 수 있었다.

"찾으셨습니까, 주군."

대기하던 에리아 경이 한쪽 무릎을 꿇으며 예를 표했다.

"에리아 경. 지금껏 잘해 주고 있다."

"황공한 말씀입니다."

원래부터 아론은 영지 내에서 절대적인 권력을 쥐고 있었지만, 공작 작위를 물려받으면서 좀 더 권위가 상승했다.

신성 군주이자 유일한 왕통.

혈연으로 이어진 계보가 아니라도 마찬가지다.

기사들이 아론을 대하는 태도는 왕족에 준한다고 해도 과언이 아니었다.

아론도 굳이 부정하지 않았다.

얼마 지나지 않아 왕국이 재건되는 것은 기정사실이었으니까.

"경은 잠시라도 그랑칸 남작을 지켜보고 성향을 분석해라."

"예."

"조직 확대는 잘 되고 있나."

"주군의 전폭적인 지원으로 인원을 20명까지 늘렸습니다."

"50명을 목표로 하도록."

"명에 따릅니다!"

영지의 규모가 커질수록 정보부의 중요성은 더욱 커지고 있었다.

앞으로도 영지는 꾸준히 성장할 터였다.

인구는 그렇다고 치고 웨이브를 거듭할 때마다 영토가 강제로 넓어졌기에 모든 지역을 커버하려면 최소한 100명까지는 늘려야 했다.

건국이 완료되면?

정보부는 더욱 확대될 것이다.

에리아 경은 충성스러운 기사였지만 그녀 역시 야심은 있었다.

아론이 지원해 주면 더욱 빠르게 성장할 것이다.

도시의 중앙 광장.

영주로부터 명령을 받은 제레미 아이언은 순식간에 정예 병력 500명을 구성했다.

그중 50명은 기병이기까지 했다.

이 시대 최강의 병종으로 손꼽히는 중갑 기병.

그랑칸 아데스터는 오라클 영지가 결코 약하지 않음을 인지했다.

'상시 운용 전력이 1,500명. 이만하면 왕국이 전성기이던 시절, 백작 가문 정도의 힘이다.'

인구 3만이 넘어가는 대영지였으며, 앞으로도 꾸준히 성장할 일만 남았다.

대륙이 멸망하지 않는 상황이라 해도 무시할 수 없는 전력이다.

지금은 왕국이 망하고 모든 제후들이 각자도생에 들어갔다.

이런 시대에 여신의 가호를 받아 신성 보호막을 가지고 있다는 것은 이루 말할 수 없는 메리트였다.

"그랑칸 경, 준비 끝났습니다."

"허허, 놀랍군요."

"별말씀을."

그랑칸은 제레미에게 말을 높였다.

그는 세상이 망하기 전에도 왕실 기사단장 직위에 있었다.

귀족 작위만 받지 않았을 뿐, 뛰어난 실력을 갖추고 있어 실세 중 실세였다.

그랑칸은 제후 귀족이었으나 머지않아 신분이 역전될 것이다.

그들은 천천히 성문으로 이동했다.

곳곳에서 감시의 시선이 느껴졌다.

아론 하이드 오라클 공작은 만만한 인물이 아니다.

제후가 알아서 들어온다는데 감시를 붙이지 않는다는 것도 말이 안 되는 일이다.

'세상 밖은 지옥이다. 하루하루 생존이 힘든 땅에서 여신의 가호를 받은 오라클 공작령은 천국이지.'

영지 전체를 뒤덮고 있는 거대한 신성 보호막은 신앙심이 없는 사람이라도 신앙심을 가지게 만든다.

그것은 곧 아론 공작의 권위로 이어졌다.

그랑칸은 오늘 많은 것을 얻었다.

보급 사령관에 공식 연금술사라는 직위.

군권은 없었으나 신생 귀족에게 군대를 맡기는 건 있을

수 없는 일이다.

그는 꽤 만족하고 있었다.

'공작은 절대 왕정을 이룩하려 한다. 이곳에서 성장한다면 나는 안정된 왕국에서 상당히 큰 권력을 구축할 수 있다.'

그랑킨은 그때까지 몸가짐을 조심하며 실적을 쌓아야겠다고 다짐했다.

"신성 보호막 안쪽은 괜찮지만 그래도 조심해야 합니다."

"물론입니다."

각오를 다지는 그랑칸을 보며 제레미 경의 생각은,

'스스로 똑똑하다고 생각하는 인재가 굴러들어 왔군.'

제레미는 눈 밑이 검어져 좀비처럼 걸어 다닐 남작의 미래가 보였다.

넓게 펼쳐진 농지.

레냐의 발명품으로 수많은 지역에서 개간이 이루어지고 있었다.

지금은 파종을 할 수 없는 시기였으나 개간을 멈추지는 않았다.

땅이 무를 때 작업하면 봄이 되는 순간, 파종할 수 있기 때문이다.

아론은 무제한으로 농지를 늘려 갔다.

당장은 사람 손으로 씨앗을 뿌렸지만, 레냐에게 파종기의 개념을 그려 주면 그에 알맞은 마도구도 개발될 것이다.

이 모든 일은 난이도를 줄이기 위한 발버둥이었다.

'중세에는 무엇보다 식량이 중요하다. 먹을 것이 없어 사람을 잡아먹을 정도였다고 하니까.'

신성 군주가 되어 인세지옥이 펼쳐지게 둘 수는 없다.

인구는 지속적으로 증가하고 있었으며, 내년쯤에는 10만을 찍을 것이다.

디펜스 워에서 무작정 인구를 늘릴 수가 없는 것은 식량에 대한 문제 때문이었다.

온갖 불합리가 존재하는 판국에 이런 것은 쓸데없이 고증했다.

난이도를 낮추려면 최소한 식량 문제는 발생해선 안 된다.

식량이 있어야 경제라는 것이 돌아갈 것이니, 무조건 농지를 늘려 나가는 것이 이익이다.

농지에는 수로가 연결되어 있었다.

건설 물레방아의 힘이다.

광산에서는 꾸준하게 마석이 발견되고 있었으므로 내년은 농사에 도움이 되는 여러 농기구를 제작할 수 있을 터였다.

"주군!"

아론의 등 뒤에서 익숙한 목소리가 들린다.

에리아 경이었다.

"1차 보고를 드립니다."

"한 시간도 되지 않았을 텐데, 빠르군."

"겉으로 본 모습만 우선적으로 보고 드립니다."

"알겠다."

"겉으로 보기에는 권위에 순종하는 모습이었습니다. 허나 적당한 야심가가 아닌가 싶으며 신앙심은 크지 않은 듯합니다."

"남작령 모두가 마찬가지지."

"저는 계속 감시하겠습니다."

"고생하도록."

에리아 경은 간단하게 보고를 마친 후 돌아갔다.

곁에서 말 머리를 나란히 한 채 걷던 칼슨 경이 고개를 갸웃거렸다.

"야심가라면 다루기 어려운 것 아닌가요?"

"야심가이기에 다루기가 쉽다."

"그래요?"

"작은 먹이를 던져 주면 그것을 탐하기 위해 노력할 테니까."

"오오! 역시 주군입니다. 전부 예상하고 계셨군요?"

"앞으로 사람은 더 늘어날 거다. 제후들이 모이겠지. 너도 작위를 받을 것이니 몸가짐을 똑바로 해야 한다."

"……!"

칼슨은 꽤 놀랐다.

기사는 기사.

일개 기사로 시작해 귀족이 되는 것은 쉽지 않았다.

그럼에도 아론은 칼슨을 귀족에 앉히려 했다.

초창기에 함께했던 모든 가신이 마찬가지였다.

"크윽, 주군……."

"징그러우니까 질질 짜는 소리 하지 마라. 함께 고생했으면 같이 누려야지. 그게 사람 사는 세상 아니겠느냐?"

"앞으로도 목숨을 다해 모실 겁니다!"

"그럼 안 그러려고 했냐?"

"헤헤."

'보상 체계는 확실히 해야지.'

아론을 오랫동안 모신 가신을 우선으로 챙기는 것.

그에게는 명확한 선이 있었다.

중급 던전 앞.

던전을 중심으로 목책도 쌓여 있었으며, 군사도 항상 주둔하고 있어 작은 요새 같았다.

언데드가 나오는 던전도 마찬가지다.

그곳에는 신병 훈련소가 설치되어 있었기에 군대를 조성하는데 안성맞춤이다.

중급 던전은 좀 더 규모가 컸다.

"충! 영주님을 뵙습니다!"

"잭슨 경, 고생한다."

"아닙니다. 마땅히 해야 할 일을 할 뿐입니다."

잭슨 홀로랜스.

그는 원래 평민 출신으로 성이 없었다.

정식 성기사 작위를 받으며 어떤 성을 하사해야 할지 고민하다 위대한 성기사의 성을 붙여 주었다.

사람들은 잘 알지 못하지만 홀로랜스는 신마 대전에서 활약했던 성기사다.

여신의 군대가 퇴각하는 시간을 벌어 주며 산화했던 위대한 전사.

그 이야기를 들려주며 성을 하사했더니, 잭슨이 눈물을 줄줄 흘렸었다.

모든 기사가 마찬가지였지만, 잭슨이 아론에게 가지고 있는 충성심은 거의 광적인 수준이었다.

"요새가 훌륭하게 성장하고 있군."

"주군의 전폭적인 지원이 있었기 때문입니다."

도시 밖에 위치하고 있는 요새였기에 경계를 철저히 한다.

마이어 경이 매일같이 몬스터 토벌해 이 부근은 안전했지만, 근무를 빼놓지 않았다.

군인이 경계 근무를 하는 것은 기본 중 기본이었기 때문이다.

요새 안에는 늑대인간의 가죽이 켜켜이 쌓여 있었다.

도시에서 인력이 들어와 곧바로 무두질을 했으며 장인들은 갑옷을 만들었다.

엄청나게 뛰어난 갑옷이라고는 할 수 없었지만, 늑대인간 가죽을 몇 장 정도 겹치면 훌륭한 하이브리드 누비 갑옷이 된다.

가죽과 갑옷 사이에 솜과 양털, 리넨을 겹쳐 가볍고 튼튼한 방어구가 탄생하는 것이다.

철제에 비하면 방어력이 떨어졌지만 그만큼 가볍고 기동력이 뛰어나다는 장점이 있다.

초반에는 엄청난 방어력이 필요한 것은 아니었기에 지금 실정에서는 최선의 선택이라 할 수 있었다.

척! 척!

"영주님을 뵙습니다!"

아론이 지나갈 때마다 병사들이 군례를 올렸다.

각 잡힌 모습.

제식도 훌륭하다.

군대의 힘은 기강과 통일에서 나오는 법이 아닌가.

신병 교육에서 벗어나 본격적인 강군이 되어 가는 과정이었기에 잭슨은 더욱 신경 써서 훈련을 시켰다.

던전으로 들어가자 습한 기운이 훅 치밀고 들어왔다.

여기저기 종유석이 보였다.

천연 동굴이 확실하지만 길이 여러 갈래라 처음에는 고생을 꽤 했다고 한다.

늑대인간이 종종 출몰했다.

그때마다 대기하고 있던 병사들이 떼로 몰려들어 박살냈다.

"연계 공격이 훌륭하군."

"방패병 하나, 창병 하나, 검병 하나를 기본으로 하고 있습니다. 궁병도 추가하면 좋겠지만 워낙 통로가 좁아 배재했습니다."

"잘하고 있다."

모든 병종을 훈련시키면 좋겠지만, 이 좁은 통로에서 궁병을 훈련시켰다가는 오인 사격을 하기에 딱 좋다.

이런 면에서 잭슨은 전략도 잘 구사하는 지휘관이었다.

던전은 넓었다.

30분을 걸어서야 보스의 방에 도착했다.

아론의 명령대로 길게 라인을 그어 통제했으며, 그 앞을 병사들이 지키고 있었다.

'그럼 보스의 주머니를 털어 볼까?'

라이칸스로프.

원래는 늑대인간의 그리스어지만 많은 게임에서 늑대인간의 상위종으로 다루고 있다.

디펜스 워에서는 늑대인간 보스 버전으로 등장하며 무식한 키와 두꺼운 가죽, 힘으로 무장하고 있었다.

풍부한 은빛 털은 항마력이 있다고 알려졌으며, 웬만한 하급 몬스터의 공격은 무력화시킬 수 있었기에 최고의 가죽 갑옷 재료로도 이용됐다.

나름 보스라서 잡기가 까다롭다는 것이 문제였지만.

쾅!

'어?'

아론은 신성한 오라만 사용한 채 달려들었는데, 자신의 실력이 얼마나 늘었는지 확인해 보기 위해서였다.

그건 오만이었다.

성유물을 가볍게 튕겨 낸 라이칸스로프가 거대한 앞발로 아론을 타격했지만, 급하게 방패를 들어 막았다.

어마어마한 충격이 온몸으로 전해졌다.

'너무 방심했다.'

아론은 벽까지 주르륵 밀려났다.

그리고 잠깐이지만 기사들을 참전시켜야 하나 고민했다.

그러나 고개를 저었다.

혼자서 처리하겠다고 호언장담했다.

나선 지 1분도 되지 않아 말을 번복하기에는 자존심이 용납되지 않았다.

기사들은 물론 던전에서 훈련하던 병사들도 대거 몰려와 구경하고 있는 상황이었다.

군주가 말을 쉽게 번복하면 그만큼 권위가 떨어지기 마련.

결국 단독 레이드를 해야 한다는 뜻이다.

'스트롱! 신성한 방패!'

[3분간 힘이 220% 증가합니다.]
[방패에 가해지는 충격이 40% 감소합니다.]

아론은 모든 버프를 시전했다.

내부에서 엄청난 힘이 솟아올랐다.

깃털 부츠의 옵션도 사용한다.

점프력을 30% 증가시키는 것.

공중으로 점프하면 높게 떠오를 수 있지만, 앞으로 튕겨져 나갈 때는 대시와 같은 효과를 낸다.

여러 가지 버프와 옵션을 조합한 일격.

콰과과광!

"깨개갱!"

개가 죽는 소리를 내며 라이칸스로프가 튕겨져 나갔다.

구경하고 있던 병사들이 환호성을 내질렀다.

"그렇지!"

"신성 군주께서 패배할 리가 없다니까?"

영지를 다스리는데 권위는 필수라 할 수 있지만, 이런 때는 조금 부담이 되는 게 사실이었다.

여신의 선택을 받았기에 결코 패배하지 않으리란 믿음.

신앙을 기반으로 한 통치였기에 웬만하면 깨지지 않아야 한다.

아론은 튕겨져 나가는 라이칸스로프를 향해 빠르게 쇄도했다.

스트롱의 유지 시간은 3분이다.

놈의 자세가 풀렸으므로 이번에는 참격을 사용한다.

"참격!"

[상대에게 공격력 2.5배의 대미지를 입힙니다.]

아론이 가지고 있는 유일한 스킬이 발현되었다.

검이고 창이고 가릴 것 없이 근거리 무기에 모두 적용된다.

성검에서 강렬한 빛이 흘렀다.

꽈직!

검이 라이칸스로프의 머리통을 가격하자 골통이 부서지는 소리가 났다.

처음 밀렸던 것은 방심했기 때문이다.

2년 동안 플레이했던 그 어떤 때보다 강해진 지금, 라이칸스로프를 죽이지 못하면 그게 더 문제다.

다음 보스인 뱀파이어 로드는 이보다 두 배 이상 강했으니까.

"빨리 뒈지고 아이템이나 뱉어라!"

콰광!

천지가 개벽할 정도로 엄청난 대결이 벌어지고 있었다.

키 3m가 넘어가는 은빛의 괴물.

늑대인간의 왕으로 악명이 높은 라이칸스로프였다.

기사들은 저 마물이 얼마나 강력한지 알고 있었다.

신성 군주는 그런 보스 몬스터를 때려잡고 있었지만, 지켜보고 있던 잭슨은 아슬아슬한 심정이었다.

"칼슨 경! 저희가 도와야지 않습니까?"

빠악!

"켁!"

"이런 새대가리 같은 놈! 주군의 말씀을 벌써 잊었냐?"

"그, 그건 아니지만요."

[절대 나서지 마라. 위험해 보여도 내가 수련을 쌓는 과정이다.]

"단순히 위험해 보이는 것뿐이야. 모든 힘을 싣지 않고 수련을 하시는 거다!"

"오오, 과연."

칼슨의 말을 들은 병사들의 눈이 반짝였다.

이들 중에서는 입대하자마자 언데드 던전을 거친 후 올라온 자들이 많았다.

신성 군주가 이토록 가까이서 전투하는 장면은 처음 본 것이다.

'저런 괴물을 상대로 실전 수련이라니! 우리는 감히 쳐다보지도 못할 정도구나!'

'여신과 소통하시는 분이니 당연한 일인가?'

누구도 신성 군주가 패할 것이라 생각지는 않았다.

칼슨의 말을 듣고 보니, 아론 오라클이 라이칸스로프를 압도하는 것처럼 보였다.

적절하게 힘을 주며 가지고 노는 것이다.

콰과과광!

이 순간에도 아론 오라클은 라이칸스로프를 두들겨 패고 있었다.

"깨개개갱!"

개 잡는 소리가 구슬펐다.

이제 라이칸스로프가 불쌍해 보일 지경이었다.

놈이 아무리 벗어나려 애써도 촘촘히 구성된 검망을 벗어날 수 없었다.

마침내.

퍼어억!

놈의 눈동자가 꿰뚫렸다.

끊임없이 재생하는 종류가 아니라면 눈동자가 뚫리고 무사할 수는 없다.

검이 깊게 파고들어 뇌를 휘저었다.

쿵!

라이칸스로프가 마침내 목숨을 잃은 것이다.

"와아아아!"

병사들이 환호했다.

"봐라! 내가 뭐라고 했냐?"

"잠시라도 주군을 의심했던 제 혀를 잘라 버리고 싶습니다!"

"그렇다고 정말 자르지는 말고."

잭슨은 주군을 믿지 못했음에 자책했다.

도저히 믿을 수 없는 피지컬로 라이칸스로프를 유린했던 아론 오라클은 가볍게 손을 흔들었다.

"신성 군주 만세!"

병사들은 한참 동안 소리를 질렀다.

[중급 보스를 격파했습니다.]

[레벨이 올랐습니다!]

[20p를 보상으로 받았습니다.]

[금빛 상자를 보상으로 받았습니다.]

"어?"

아론의 몸이 부르르 떨렸다.

금빛 상자.

지금 시점에서는 본 적 없는 보상이 떨어졌다.

아이템이 떨어진 것도 아니었고, 리치를 잡았던 때처럼 칭호를 얻은 것 역시 아니었지만 엄청난 득템이었다.

'가챠를 돌려 아이템을 얻는 것이니 반드시 득템이라 할 수는 없지만.'

기회를 얻었다는 것이 중요했다.

인벤토리에 들어가 있는 금빛 상자 때문에 숨이 차고 있다는 사실조차 잊을 정도였다.

"후아!"

뒤늦게 한숨이 터졌다.

뇌로 들어가던 산소가 급격하게 늘어났다.

라이칸스로프를 잡으며 얻은 것은 이뿐만이 아니었다.

'단단한 가죽도 쓸모가 많다.'

마력을 잃은 가죽은 돌처럼 단단해지지 않지만, 기본적으로 질긴 특성을 가지고 있었다.

게다가 이 덩치.

3m를 가볍게 뛰어넘는 장신 덕분에 갑옷이 꽤 나올 것이다.

"칼슨 경."

"예, 주군!"

뒤에서 구경하고 있던 칼슨 경이 잽싸게 튀어나왔다.

그의 눈동자는 경외로 반짝이고 있었다.

다들 마찬가지였다.

누가 나섰다고 한들 이렇게 쉽게(?) 사냥에 성공하지는 못했을 테니까.

아론 나름대로는 위기가 있었지만, 굳이 말할 필요는 없었다.

"이 녀석의 가죽을 벗기면 꽤 쓸모가 많겠지?"

"예! 갑옷만 다섯 벌 이상에 장화나 장갑은 10개 이상 나올 것 같습니다."

"기사들에게 내려 주기에 좋은 선물이 되겠군."

"오오오! 역시 통이 크십니다!"

기사들에게 선물할 물건으로는 제격이었다.

신성 군주가 쩨쩨한 모습을 보여서는 안 된다.

"끌고 나가라!"

"예!"

병사들이 라이칸스로프의 팔다리를 묶은 후 짊어졌다.

거대한 덩치만큼이나 무게도 엄청났다.

온몸이 근육으로 뒤덮여 250kg은 될 것 같았다.

호흡이 진정된 아론이 아무렇지도 않은 표정으로 말했다.

"복귀한다."

라이칸스로프는 흉악한 몬스터다.

최근에는 등장한 적이 없었기에 너도나도 구경을 나왔다.

"저런 괴물이 보스였다니!"

"영주님께서 보스의 방을 금역으로 지정하신 이유가 있었어."

"병사들이 나섰다면 꼼짝없이 죽었겠군."

"영주님은 여신의 계시를 받는 분이니, 모두 알고 계셨겠지."

'솔직히 이 정도일 줄은 몰랐다.'

아론은 평소같이 근엄했지만 속으로는 꽤 놀란 상태였다.

재수가 없었으면 일격에 맞아 죽었을 수도 있었다.

그리되었다면 바로 게임 오버다.

이 세계는 게임 세상을 본떴지만, 인간이 살아가고 있었으니 순식간에 구심점을 잃고 찢겨졌을 것이다.

그리 생각하니 가슴 한편이 쑥 꺼지는 느낌이었다.

'다시는 방심하지 않는다.'

디펜스 워의 세상에서 방심하다니, 미친 짓이다.

최근 워낙에 좋은 일이 많이 일어나 이곳이 어떤 세계관을 가졌는지 잠시 망각하고 있었다.

팔이라도 하나 날아갔다면 신성 군주의 권위가 바닥까지

무너졌을 것이다.

아론은 반성을 마치고 장인들을 바라봤다.

가죽을 벗기는 작업도 쉽지 않다.

가죽쟁이 몇 명이 달라붙는 것으로도 모자라 칼슨과 잭슨이 단도를 들고 배를 쨌다.

완전히 벗겨 낸 가죽은 생각보다 더 거대했다.

가죽 장인이 아론에게 보고했다.

"가죽 갑옷 일곱 벌을 비롯해, 장갑과 장화 각각 열 벌씩은 나올 것 같습니다."

"꽤 많군?"

"워낙 덩치가 큰 녀석이니까요."

'그 정도면 기사들에게 나눠 주기에 충분하겠다.'

물론 아론도 한 벌 입을 것이다.

라이칸스로프 가죽으로 만든 갑옷 세트는 자체적으로 항마력을 가지고 있어 초반에는 무난히 사용할 만했다.

그러다 좋은 아이템을 얻으면 새로 기사가 된 인원에게 물려주면 된다.

"기사들의 전력을 올려 줄 중요한 재료다. 최선을 다해 가공하도록."

"맡겨만 주십시오!"

이것으로 되었다.

아론의 발언은 기사들에게 전달될 것이다.

칼슨 경이나 잭슨 경이 기대감을 가지고 있을 정도였으니, 충성심 향상에 상당한 효과가 있을 것으로 예상됐다.

중급 던전 요새.

아론은 지휘관실에서 잠시 요양을 했다.

말은 하지 않고 있었지만, 순간적으로 많은 힘을 사용해 손발이 후들거릴 지경이었다.

그걸 감추느라 혼났다.

이제 보상을 확인할 때다.

"20포인트로는 구매할 수 있는 스킬이 없지."

스탯은 체력에 준다.

아론은 힘을 기반으로 하고 있었지만, 보스 레이드를 할 때는 체력도 중요하다는 사실을 또다시 깨달았다.

체력은 단순한 HP가 아니라 방어력과도 관계가 있었다.

극한의 상황에서 조금이라도 더 버틸 수 있는 힘이 되었기에 적절하게 투자하는 것이 맞았다.

스탯: 체력(10+3) 정신(5+2) 힘(14+7) 민첩(5+2) 지혜(3+2) 신성력(1+4)

"다음에는 민첩에 투자하는 것도 고려해야겠는데."

아론은 한숨을 내쉬었다.

사실 이만하면 어마어마한 성장이었다.

그럼에도 욕심이 생겼다.

한국인 특성 때문인지도 모르겠다.

뭐든 빠르게 성장하는 것이 좋은 건 아니지만, 사람 마음이 어디 그렇던가.

후딱 레벨 20 정도는 찍고 싶은 심정이었다.

스킬은 아직 손대지 않는다.

운이 억세게 좋으면 포인트로만 구입할 수 있는 스킬이 튀어나올 수도 있었으니까.

"후."

아론은 인벤토리에서 금빛 상자를 꺼냈다.

정말 영롱하게 빛나고 있었다.

소모성 아이템만 아니라면 어디 장식이라도 하고 싶은 심정이다.

하지만 그럴 수 없다는 사실을 잘 알고 있었다.

디펜스 워는 되는대로 성장해야만 하는 게임이다.

아끼려 하다가는 그대로 [DIE]를 보기 마련이었다.

이제 와서 방침이 바뀌지는 않는다.

"여신이여!"

아론은 기도하는 심정이 되었다.

무신론자이지만 꼭 이런 때에는 신을 찾게 된다.

"바라옵건대 좋은 아이템 하나만 주십시오. 이대로는 클리어하기가 너무 힘듭니다."

신성 군주가 되며 항상 무게를 잡아야 했으나, 엉겁결에 본래의 목소리가 튀어나왔다.

누가 이 광경을 봤다면 충성심이 뚝뚝 떨어졌을지도 모를 만큼.

신앙심이라고는 전혀 없는, 욕심으로 가득 찬 기도가 끝났다.

아론은 도박하는 심정으로 금빛 상자를 개봉했다.

파아앙!

이전에는 볼 수 없던 화려한 금빛이었다.

그리고.

"이거지!"

그토록 바랐던 스킬북이 등장했다.

아론은 한참 동안이나 주먹을 불끈 쥐다 정신을 차렸다.
이래서는 안 된다.
그는 여신이 인도하는 자.
언제나 초인 같은 모습을 보여야 했다.
"후……."
아론은 숨을 한 번 몰아쉬고는 감정에 들어갔다.

빛의 일격 LV.1

반경 2m 내의 모든 적에게 공격력 150%의 신성 대미지를 입힌다.
최대 20m까지 원거리 공격 가능.

원거리 공격 수단이 생겼다.

공격력 150%라는 점이 아쉽지만 신성 대미지라는 말에 주목할 필요가 있었다.

신성력을 이용한 공격은 마기를 지니고 있는 모든 적에게 추가 대미지를 입힌다.

정획하게 수치화하여 표현할 수는 없지만, 오랜 경험으로 미루어 보면 최대 2배 정도의 대미지를 추가로 가할 수 있었다.

즉, 인간을 제외한 모든 적에게 공격력 300%의 대미지를 입힌다는 것이었으니, 실로 놀라운 스킬이라 할 수 있다.

다소 신성력을 많이 소모해 버프를 사용하고 나면 두 번 정도 사용하는 것이 한계겠지만, 위급한 상황에서는 구명줄이 되어 줄 터다.

이렇게 되니 스킬 포인트를 어디에 사용해야 할지 고민스럽다.

아론은 지금까지 얻은 스킬들을 쭉 살폈다.

신성의 오라 LV.4 힐 LV.3 신성의 방패 LV.2 스트롱 LV.2 참격 LV.2 빛의 일격 LV.1

어떤 스킬 하나 중요하지 않은 것이 없다.

하나라도 빠지면 섭섭할 정도다.

언뜻 보면 빛의 일격에 투자하는 것이 좋아 보이지만 메인 스킬의 레벨이 5가 되면 새로운 기능이 추가된다.
두 스킬을 비교해 보고는 신중하게 스킬 포인트를 사용한다.

신성의 오라 LV.5
사방 200m 내에 신성의 오라가 발현.
HP 회복률 +5
언데드에 대한 대미지 +5
힘 +1, 체력 +1

"가장 효율적인 선택이다."
아론은 고개를 끄덕였다.
스킬 포인트를 아꼈던 것은 이보다 막강한 효과를 발휘하는 스킬이 뜰 수도 있었기 때문이다.
물론 빛의 일격도 괜찮은 스킬이다.
레어로 분류될 정도로.
하지만 메인 스킬의 혜자스러운 효과는 도저히 포기할 수 없었다.
오라의 범위가 넓어지는 것은 물론이고, 최하급 힐을 지속적으로 사용하는 효과를 범위 안의 모든 사람이 누릴 수 있다.

힘과 체력 스탯이 올라가는 것 역시 엄청난 메리트다.

아론에게만 적용되는 것이 아니다.

신성한 오라에 들어온 사람은 내부에서 강력한 힘이 끓어오르는 것을 느낄 터다. 체력이 향상되면서 피로감이 풀리는 효과도 있었기에 신성 군주의 권위를 세우기에 이보다 좋은 스킬은 없었다.

보스 레이드를 하며 디펜스 워가 다시 한번 만만한 게임이 아니라는 것을 증명했지만, 그 어느 때보다 빠르게 발전하고 있다.

목숨을 걸어야 하는 것은 변하지 않지만 희망이 보였다.

"이번 디펜스만 성공적으로 이루어 낸다면."

왕국 유일의 왕통이라는 점을 이용해 세력을 크게 확장할 수도 있었다.

만족스러운 스킬을 얻은 아론은 영지로 복귀했다.

본령의 역할은 베르칸 시가 하고 있었다.

오라클 영지 중앙에 위치하고 있었기에 이곳에서 업무를 보는 것이 통치에 수월했기 때문이다.

성문 앞.

지금쯤 성벽을 보수하느라 정신이 없어야 할 백성들이 하나도 보이지 않았다.

"경비병! 대체 이게 어떻게 된 일인가?"

"소, 송구합니다. 대규모 소요 사태가 일어나기 직전이라……."

"소요 사태?"

성문 너머로 사람들의 목소리가 쩌렁쩌렁하게 울렸다.

-폭군은 물러나라!

-감히 여신의 이름을 참칭하지 말라!

"음."

경비병들의 얼굴은 사색이 되었다.

누가 뭐라고 해도 오라클 영지가 지금까지 버틴 것은 신성 군주 때문이었다.

여신의 보호와 강력한 통치가 없었다면 진즉에 무너지고도 남았다.

소요 사태라고 표현했지만 불법 시위에 가까웠다.

더욱 큰 문제는 시위대와 백성들의 대립이었다.

아론은 아직 개입하지 않고 현장을 내려다봤다.

시위대로 참여한 자들은 주로 공작가 백성들이었다.

규모가 물경 2천이나 되었다.

맞서는 이들은 기존의 백성이다.

골수까지 아론에게 충성하며 신앙심을 증명한 사람들.

-악마 들린 놈들이다! 모두 지옥으로 떨어져라!

-멍청한 놈들! 너희는 속고 있는 것이다!

-신성 군주는 대륙의 유일한 희망. 너희는 악마의 간교

한 술책에 속고 있다!

퍼억!

어느 순간, 시위대 측에서 돌을 던졌다.

많은 사람들이 당황했다.

시위대에 참여하고 있는 사람들도 폭력까지 사용할 생각은 없었던 것 같다.

"와아아!"

"죽어!"

급기야 시위대와 백성이 충돌했다.

그 꼴을 지켜보던 칼슨 경이 기겁했다.

"미친놈들 아닙니까? 구원군을 보내 구해 주고 여신의 땅까지 인도했는데, 주군을 매도하다니요? 저들의 행동은 도가 지나칩니다!"

"……"

급박한 상황이었다.

인간의 감정은 전염되는 특성이 있다.

극한으로 몰아갈수록 감정은 고조되며, 이념이나 사상을 위해 서로 죽이기도 한다.

가장 심각한 도화선은 종교와 정치였다.

아론은 종교를 이념으로 선택했으니, 언제고 이런 일이 벌어질 수 있었다.

단, 대륙이 어떤 꼴인지 생각해 보면 석연찮았다.

"뭔가 이상하다."

"이상하다니요?"

"경의 말대로 짐승도 은혜는 아는 법이지. 한데 은혜를 원수로 갚는다? 대륙이 멸망하고 있는 상황에서는 결코 할 짓이 아니다."

"외부의 개입이 있었다는 뜻입니까?"

"그럴 가능성이 높다."

'악마 추종자들의 소행은 아닐 거야.'

시간이 더 흐르면 내부에서 붕괴되는 경우가 있긴 하다.

그러다 후반으로 가면 내부 공작이 심각해진다.

그런 사태를 예방하기 위해 특수 정보부와 이단심문관청을 설립한 것이다.

악마 추종자들이 움직였다면 이단심문관이 달려가 머리통을 깼을 터.

외부의 개입일 수밖에 없다.

이 상황에는 강경 진압이 답이었다.

군대는 이러지도 저러지도 못하는 상태.

영지군은 마이어 경이 지휘하고 있었다.

"마이어 경!"

"주군!"

군을 지휘하던 마이어 경의 얼굴에는 당혹감이 서려 있었다.

외부의 적이라면 바로 손을 썼을 테지만, 지금은 그럴 수가 없었다.

외부 백성들과 기존 백성들이 섞이며 미묘한 분위기였는데, 강경하게 진압해 버리면 더 큰 소요 사태가 일어날 수 있다는 우려 때문이었다.

"진압하라."

"어쩐 식으로 진압합니까?"

"매우 단호하고 강경하게 진압한다. 무기를 들고 저항하면 처분하라."

"예!"

지시를 받은 마이어 경이 곧바로 움직였다.

"모두 물러나라! 주군의 명에 따라 더 이상의 폭력은 방관하지 않는다. 최고 즉결 처분될 수도 있음을 명심하라!"

마이어 경의 말은 병사들에게도 전파됐다.

진압을 하랬다고 바로 창검을 들이댈 수는 없다.

병사들이 시위대를 포위했다.

머리가 식지 않은 오라클 영지 백성들이 폭력을 쓰려 했지만 제지했다.

"신성 군주의 명령이다!"

그제야 백성들이 물러나려 했다.

하지만 시위대가 놓아두지 않았다.

참을 만큼 참은 마이어 경은 군을 투입했다.

"진압하라! 여신의 군대를 상하게 하는 놈들은 즉결 처분한다!"

"와아아아!"

그야말로 개판이 따로 없었다.

광장에 피가 흘렀다.

마이어 경의 경고는 농담이 아니었다.

오라클 영지군은 신의 군대라는 칭호를 가지고 있었고, 그 군대를 건드는 짓은 여신을 배반하는 행위였다.

군대에 칼을 들이대는 자들부터 즉결 처분됐다.

"끄아아악!"

"아아악!"

수십 명이 죽고 나서야 시위대의 반항이 멈추었다.

이 잔인한 진압에 레올락 글레스넌 자작이 달려왔다.

"저, 전하! 저들도 전하의 백성입니다!"

"백성이라?"

아론은 코웃음을 쳤다.

그가 등장하자 순식간에 장내가 조용해졌다.

"경은 저게 정상으로 보이나! 한낱 미물도 은혜를 입으면 고마운 줄 아는 법이거늘, 어찌 목숨을 구해 준 은인을 모욕하고 폄훼할 수가 있나. 나는 너희를 여신의 땅으로 인도했다. 눈이 있다면 오라클 영지가 이 세상에서 가장 안전하다는 사실을 알았을 것이다. 그럼에도 시위대가 들고일어난다? 이게 정상인 것 같나?"

"그, 그것은."

자작은 아무 말도 하지 못했다.

시위대가 죽었다는 사실에 눈이 돌아가기 직전이었던 자들도 잠잠해졌다.

아론의 말이 옳았기 때문이다.

시위가 일어나는 자체가 말도 안 된다.

아론이 구원을 오지 않았으면 모두 죽었을 것이다.

그는 선대 공작으로부터 정당하게 작위를 계승하기까지 했다.

여신의 이름을 빌린다는 것?

전부 알고 입성했다.

"은혜도 모르는 배은망덕한 놈들은 모조리 가둔다. 내일 처벌을 결정할 것이다."

"예!"

회의실로 가신들이 소집됐다.

오라클 영지 본령에 있는 일부 문관들은 거리가 있어 바로 오지 못했지만, 대부분의 가신이 모였다.

분위기는 당연히 뒤숭숭했다.

방금 유혈 사태가 일어난 참이었다.

아론은 강경하게 진압해 버렸고, 그 과정에서 수십이 죽었다.

현대인의 시각으로 보면 시위대를 죽인 것을 참혹하게 볼 수도 있었지만, 이곳은 중세다.

백성이 군주를 단체로 모욕한 사건이다.

신정 일치 사회에서 여신을 거론하기까지 했다.

잘못하면 밑바닥부터 정치가 흔들릴 수도 있었으므로 그 자리에서 시위대를 모조리 죽일 수도 있었다.

이는 생존에 관련된 문제.

그 자리에서 즉결 처분하지 않은 것만 해도 엄청난 자비였다.

"……."

다들 침묵만 삼키고 있는 가운데, 에리아 경이 보고했다.

"주군! 주동자들을 색출했습니다. 주동자는 총 세 명입니다만."

"문제가 있었나."

"누구도 그들의 신원을 알지 못했습니다."

"신원을 알지 못했다?"

웅성웅성.

냄새가 났다.

처음부터 아론은 이번 사건이 정상적인 방법으로 일어났다고 보지 않았다.

분위기에 휩쓸렸던 시위대조차 아론이 '은혜'를 운운하

는 순간 아차 싶은 표정이었다.

인의가 사라진 세상이라지만, 인간으로서 하지 말아야 할 짓을 저지른 것이다.

에리아 경은 확신했다.

"외부 세력의 개입이 있었던 것이 확실합니다."

"놈들이 입을 열겠나."

"쉽지는 않을 것으로 보입니다."

누군가 오라클 영지의 분열을 바라고 있었다.

보통 심각한 문제가 아니었다.

가신들은 입을 열지 못했다.

워낙 범위가 넓어 누가 개입했는지 용의자조차 추릴 수 없었기 때문이다.

"주군!"

뒤늦게 회의장에 들어온 칼슨 경이 서신을 한 장 가져왔다.

"무슨 일인가?"

"라피언 후작으로부터 경고장이 날아왔습니다!"

"경고장?"

아론은 곧바로 서신을 읽어 내려갔다.

[감히 왕족을 참칭한 아론 오라클 남작은 들어라.

지금 당장 참칭을 멈추지 않는다면, 네놈의 영지는 먼지

조차 남지 않게 될 것이다.

 이는 처음이자 마지막 경고이니 경거망동하지 말지어다.]

 짧지만 강렬한 경고에, 아론은 오히려 웃었다.

 "이거였나?"

 "동부 사령관 라피언 후작이라니! 괜찮겠습니까?"

 분위기는 더욱 심각해졌다.

 베론 왕국에서 다섯 손가락 안에 들어가는, 군사력을 지닌 동부 사령관이 협박장을 보냈다.

 사지가 떨릴 수밖에.

 하지만 아론은 이것을 기회로 봤다.

 고인물의 공략을 망설임 없이 사용하는 것이다.

 "받아치면 영지전이 일어나겠지. 허나 그 영지전이 하필 대침공 당일 일어나면 어찌 되겠나?"

 "……!"

 회의는 짧게 끝났다.

 바보가 아닌 이상 시위를 주동한 자를 누가 파견했는지 짐작한 것이다.

 레올락 글레스넌 자작은 오늘 있었던 충격적인 소요 사태를 생각하며 어처구니없다는 표정을 지었다.

 "아무리 외부 세력이 개입해 주동했다고 해도 이토록 쉽게 소요 사태가 일어날 수 있나."

"인간의 감정이란 쉽게 휩쓸리기 때문이지요."

"마이어 경."

레올락은 회의장을 빠져나오는 마이어 경에게 인사했다.

가신들은 삼삼오오 모여 오늘의 사태에 대해 이야기를 나누기 바빴다.

다들 심경이 복잡했다.

특히 하이드 가문에서 오라클 가문으로 넘어온 자들이 심했다.

"레올락 경이 잘못한 것은 아닙니다."

"그래도 죄책감을 지울 수가 없군요."

"경은 인간의 감정에 대해 얼마나 알고 계십니까?"

"오늘의 사태가 크게 잘못됐다는 건 알고 있습니다."

"감정에 휩쓸린 자들이 잘못이라 여기십니까?"

"아닙니까?"

"그렇지 않습니다."

마이어 경은 고개를 흔들었다.

레올락 글레스넌은 마이어의 말을 경청했다.

"전쟁터를 많이 경험하다 보면 한 번에 사기가 오르거나 떨어지는 광경을 많이 보게 됩니다. 분위기에 휩쓸려 버리는 것이지요. 싸울 역량이 충분함에도 유언비어가 퍼져 군이 내부에서 무너지는 경우도 있습니다."

"음, 그것은."

레올락은 부정하지 못했다.

그 역시 무려 30년 동안 전쟁터를 전전했던 노장이다.

지금은 은퇴했지만 경험까지 사라지는 것은 아니다.

기사단은 개개인의 무력도 중요하게 다루었지만, 그보다 중요한 역량은 병사들을 지휘하는 능력이었다.

전쟁터를 오랫동안 전전하다 보면 인간의 감정이 얼마나 하잘것없는 일에 휩쓸리는지 알 수 있었다.

"소위 배웠다는 사람도 별수 없습니다. 진실이 왜곡되고 대다수의 사람이 거짓을 믿는다면 그것이 진실로 둔갑하지요. 인간은 생각보다 이성적이지 않아요. 상황이 극한에 몰리면 더더욱 그렇습니다."

"허어, 라피언 후작이 그 틈을 찔렀다는 겁니까?"

"정확합니다."

대륙이 멸망하는 상황이라면, 하이드 공작도 그 위기에 휩쓸릴 수밖에 없었다.

아론 오라클이 구원을 오지 않았다면 모두 죽었을 것이다.

백성들은 극심한 변화를 겪었으며, 아직 신성 군주의 진면목을 알지 못했다.

그런 가운데 라피언 후작이 보낸 첩자가 선동하니, 쉽게 들고일어났던 것이다.

"하……. 죄인은 어찌 되는 겁니까?"

"이 부분은 주군께서 처리하실 문제입니다."

"쉽게 처리가 되겠습니까?"

아론 공작은 이런 상황 속에서도 놀라운 계책을 세웠다.

대침공의 고기 방패로 라피언 후작의 군대를 세우기로 한 것이다.

계책이 성공할지 모르겠지만, 그런 생각을 한다는 자체가 범인은 뛰어넘었다는 뜻이다.

그것도 모자라 혼란스러운 내부를 잠재운다?

보통의 정치력으로 되는 일이 아니다.

실패할 경우 어마어마한 재난이 영지를 휩쓸 것이다.

"주군께서 말씀하셨습니다. 깔끔하게 처리될 것이라고."

"그건 깔끔하게 처리될 문제가……."

"여신께서 계시하셨을 테지요."

"여신께서!?"

"지금껏 주군은 실패한 적이 없으십니다. 인간의 힘으로는 가능한 일이 아닌 줄 압니다."

"허."

처음부터 여신의 개입했다는 주장이다.

레올락은 마이어 경의 말을 100% 신뢰할 수 없었지만.

'성공한다면 정말로 여신이 개입했다는 뜻이겠지.'

가볍게 몸이 떨렸다.

온몸에서 빛이 나고 기적이 일어나야만 여신이 개입한 증거가 아니다.

 더 큰 문제를 뒤에서 조종하고 있다는 생각이 들면 그게 더 설득력 있는 증거였다.

 다음 날 아침.
 평소와 다름없는 하루였지만 오늘은 분위기가 뒤숭숭했다.
 백성들은 처형식에 참석하기 위해 출근하지 않았다.
 애초에 강요하지 않은 노동이었기에 아론도 이 부분을 굳이 들쑤시지 않았다.
 '먹힐 것이다.'
 광장으로 모여드는 백성들.
 아직 죄인은 등장하지 않았다.
 죄인을 먼저 세우면 돌팔매질에 맞아 죽을 것 같아서다.
 아론이 이처럼 대범한 계획을 세우게 된 것은 수도 없이 디펜스 워를 플레이하며 성공했던 책략을 그대로 사용할 방침이었기 때문이다.
 어떤 식으로 행동하면 상대방이 어떻게 나올지 알고 있었다.
 그 사실을 알고 계획을 추진하는 것과, 모르는 상태에서 추진하는 것은 완전히 다른 문제였다.

먼저 라피언 후작에 관한 것.

서신이 오가는 속도를 조절해 정확한 타이밍에 군대를 끌고 오게 하는 것이 중요했다.

포로를 처형하고 내부를 안정시키는 작업 역시 마찬가지였다.

수도 없이 [DIE]를 보아가며 습득한 노하우였기에 실패하지 않을 것이다.

"후우."

아론은 숨을 몰아쉬었다.

조금만 조율에 실패해도 무시무시한 일이 벌어진다.

내부에서 무너지면 대침공을 방어할 수 없을 것이며, 동부 사령관과 검을 직접 맞대면 필패다.

썩어도 준치라는 말이 있듯 아직까지 후작의 군대는 건재했다.

모든 정보, 그리고 상대방의 행동을 예측하지 않고서 100% 이익을 보기란 어렵다.

성공한다면?

정치인들은 여신의 역사하심을 실시간으로 보게 될 것이다.

똑똑.

"들어와라."

"주군, 준비 끝났습니다."

"백성들이 벌써 다 모였나?"

"해가 뜨는 즉시 모이기 시작했습니다."

이번 사건은 백성들에게도 중요했다.

아론은 고개를 끄덕였다.

"가지."

그들은 광장으로 향했다.

시청의 복도를 걸으며 마이어 경이 물었다.

"하이드 가문 가신들에게는 여신의 역사하심이라 둘러댔습니다."

"잘했다."

"가능하겠습니까?"

"나를 믿어라."

"……예."

마이어 경은 여신의 역사를 믿지 않았다.

모두 아론의 계책이라고 여기는 것이다.

한 발만 삐끗해도 모든 것이 무너질 수 있는 상황이었다.

아론은 마이어 경에게 100% 성공할 것이라고 말했지만, 본인도 긴장이 되는 것은 어쩔 수 없었다.

그저 당당한 표정과 행동으로 속마음을 감출 뿐.

광장의 분수대는 작동하지 않았다.

아론은 연극(?)을 방해할 수 있는 장치들을 모조리 배제했다.

척! 척!

어제의 일도 있었기에 근위대와 기사들이 아론을 호위했다.

시청에서 광장까지 이어지는 길은 모조리 통제해 백성들이 통로로 넘어오지 못하도록 했다.

광장에는 기요틴이 준비되어 있었다.

그 아래는 2천 명에 달하는 죄인들이 포박되어 있다.

여기저기서 불안한 빛이 흘렀다.

신앙심 투철한 기존 오라클 가문 백성들은 불안해하지 않았다.

주로 공작 가문에서 넘어온 자들의 눈동자가 흔들렸다.

잘못하면 2등 시민으로 밀려나거나 쫓겨날 수도 있다고 여겼기 때문이다.

아론조차 완벽한 파훼법을 들고 오지 않았다면 이런 식으로 극단적으로 처리하지는 않을 것이다.

피를 뿌리느냐, 뿌리지 않느냐가 중요한 것이 아니다.

오직 생존에 유리하느냐가 기준이었다.

아론은 기요틴 앞에 섰다.

수 미터 위에 멈춘 칼날은 당장이라도 떨어질 것 같았다.

눈앞에 피가 뿌려지는 광경이 선했다.

"끌고 와라!"

주동자 세 명이 기요틴 앞으로 끌려왔다.

병사들은 우악스럽게 그들을 다루었다.

쿵!

무릎을 꿇고 머리를 박는 자들.

하나같이 결연함이 가득했다.

'후작에 대한 충성심이 아니었다면 사지로 걸어 들어오지도 않았겠지.'

이 상황에 인간의 권위를 이용하는 것은 하책이다.

"여신께서 말씀하시길, 너희들은 라피언 후작이 보낸 첩자라 하셨다."

"……!"

"심문하지 않은 이유는 단 하나. 모든 것을 알고 있었기 때문이다."

첩자들의 동공에 지진이 일어났다.

단순히 아론이 짐작하여 말했다고 하면 죽음을 각오했을 것이다.

하지만 여신이 개입했다면?

첩자들도 오라클 영지에서 활동하며 기적에 대한 이야기를 들었다.

실제로 신성 보호막이 영지 전체를 지켜 주고 있었기에 긴가민가했을 수 있다.

이런 상황에 콕 집어 정체를 밝혔으니 놀라서 기절하고

싶은 심정일 터였다.

아론은 말이 이어 갔다.

"보라. 후작의 잘못된 선택으로 휩쓸린 너희 처지를. 너희가 지금 죽으면 어찌 될 것 같나? 지옥의 밑바닥에서 영원히 고통 받는다. 내 모든 명예와 신성 군주의 이름을 걸고 확신한다."

"끄으으."

"으으으!"

첩자들의 기가 팍 죽었다.

악마가 설치는 세상이다.

이런 가운데 유일하게 신성 군주를 표방하고 있는 아론의 협박은 제법 잘 먹혔다.

지금 죽이겠다는 가벼운(?) 협박이 아니다.

무려 지옥에서 영원히 고통 받을 수 있다는 '사후 협박'이었다.

"라피언 후작은 내가 공작 위를 계승했다는 것이 못마땅했다. 본인도 왕위에 오르려는 야심이 있었기 때문이지. 인류의 힘을 합쳐도 모자랄 판에 이따위 방해를 하고 있으니, 라피언 후작 역시 심판을 받고 지옥에 떨어질 것이다. 너희와 마찬가지로 말이다."

첩자들은 더욱 두려움에 떨었다.

어제 보았던 백성들의 광신적인 모습이 아직도 뇌리에

박혀 있었다.

분위기란 만들기 나름이며, 하늘에 증거까지 펼쳐져 있었으니 미친 듯한 두려움이 몰려왔다.

굳건한 충성심도 영원한 고통 앞에선 '고작'이 된다.

"죄를 인정하라. 후작 역시 자신이 수작질을 했다고 인정했다. 너희를 버린 거지."

아론의 마지막 말이 결정적이었다.

지금까지 겪었던 심문과는 차원이 다른 원초적인 공포에 그들은 굴복했다.

만에 하나 끔찍한 고통 속에서 영원히 살아야 한다고 믿게 된다면 그 사람은 제정신으로 살아갈 수 없다.

마신과 천신이 실존한다고 여겨지는 세상.

마기가 있고 신성력이 있다.

아론은 신성 군주로서 여신의 가호를 받았으니, 그의 말 하나하나가 영혼에 각인됐다.

"살려 주십시오! 저희는 그저 먹고살기 위해 선택했을 뿐입니다!"

"먹고살기 위해 선택했다?"

"후작이 가족들을 빌미로 협박하는 바람에 어쩔 수가 없었습니다!"

쿵! 쿵!

죄인들이 바닥에 머리를 박았다.

단상이 부서지며 그들의 이마에 나뭇조각이 박혔다.

그럼에도 멈추지 않았다.

쿵! 쿵!

쿵! 쿵! 쿵!

"죄를 인정하고 고백하나이다! 부디 용서해 주십시오!"

"용서해 주십시오!"

"신성 군주시여, 저희 가족들을 구해 주십시오!"

죄인이 죄를 인정했다.

즉, 공작 가문에서 온 백성들은 얄팍한 수작질에 넘어갔다는 뜻이다.

2천 명이나 되는 사람들은 고개를 떨어뜨렸다.

돌이켜 보면 시위에 참가해서는 안 되었다.

'내가 은인을 배신했구나!'

'애초에 여신이 문제가 아니었다. 그 전에 인간의 도리를 하지 못한 거야.'

후회해도 늦었다.

아론은 손을 들어 소란을 막았다.

남은 것은 판결.

"후작에게 속아 소요 사태를 일으킨 주동자들은 종신 노역형에 처한다. 너희 가족들은 기밀만 유지된다면 살 것이다."

쿵! 쿵!

"감사합니다!"

"은혜에 감사드립니다!"

"소요 사태에 휘둘린 백성들은 노역형 1년에 처한다."

쿠궁!

모두가 바닥에 머리를 박았다.

얼마나 강하게 내려박는지 이마가 터져 피를 줄줄 흘렸다.

'하여간 저 무식한 놈들.'

"이것으로 판결을 마친다."

이제 후작의 입질을 기다리면 된다.

집무실로 돌아온 아론은 처리 결과를 기다렸다.

사실 소요 사태에 휘둘린 자들에게 1년 노역형은 형벌이라 할 수도 없었다.

공사에 동원될 것이었으므로 일반 백성들과 다를 바가 없는 것이다.

하지만 종신 노예는 다르다.

무조건 광산에 처박히며 늙어 죽을 때까지 노역해야 한다.

그럼에도 감사하다고 머리를 박아 댔으니 자신들이 얼마나 엄청난 일을 저질렀는지 자각은 하는 모양이었다.

그동안 아론은 후작에게 보낼 서신을 작성했다.

지금부터가 중요하다.

4챕터까지는 시간이 남았으므로 밀고 당기기를 해야 한다.

펜을 들고 첫 문장을 작성했다..

[악신의 대리자 라피언 후작은 보아라.

네가 보낸 선물은 잘 받아 처벌했다.

본인의 백성을 지키기도 모자란 판국에 여기까지 신경을 쓰느라 고생 많았느니라.

네놈은······.]

서신을 받으면 열이 받겠지만, 당장은 군대를 일으킬 수 없게끔.

이것도 상당한 기술을 요하는 일이다.

디펜스 워는 상당한 수준의 AI를 자랑했었다.

지금 돌이켜 보면 그게 AI인지 모를 만큼 뛰어났는데, 몇 번이나 연습하며 최적의 문장을 완성했었다.

그 당시에 통했던 문장은 현실에서도 통할 것이다.

누군가 이 광경을 보면 도박이나 다름없다 여기겠지만 아론은 확신할 수 있었다.

똑똑.

"들어와."

"주군! 말씀하신 대로 처리했습니다."

마이어 경이었다.

죄인의 처리는 마이어에게 모두 위임했다.

다른 기사들은 '신앙심'이라는 것이 존재하여 은근슬쩍 약한 마음을 보일 수 있지만, 그에게 자비란 없었다.

신앙이 아닌 아론을 믿은 자.

매우 바람직한 인재상이다.

"잘했다. 그들의 분위기는 어땠나?"

"매우 충격을 받은 모습이었습니다. 지옥 불에 떨어져 영원히 구를 수 있다는 협박이 잘 먹힌 모양입니다."

"당연히 그래야지."

아론의 입꼬리가 자꾸만 치켜 올라갔다.

노역형에 처한 자들이 2천 명이다.

일반 백성들과 비슷한 강도로 노동하겠지만, 엄연히 형벌이었기에 다들 꺼리는 현장들을 주로 돌아다니게 될 것이다.

앞으로도 꾸준하게 늘어날 건설 현장을 생각하면 소요 사태가 벌어진 것이 오히려 잘된 일일 수도 있었다.

"하온데 주군."

"할 말이 더 남았나."

"후작이 자신의 죄를 인정했다는 말씀은……."

"정확하게는 수작질을 인정했다고 했지. 라피언 후작이

내게 경고장을 보낸 순간 인정하는 것이나 마찬가지였다. 멍청한 놈이지."

"허! 듣고 보니 그렇군요. 주군께서는 거짓말을 하신 적이 없습니다."

마이어 경도 웃음을 감추기가 힘들었다.

계획대로만 진행되면 그들을 고기 방패로 사용함과 동시에 후작령을 통째로 집어삼킬 수 있었다.

라피언은 동부 사령관이다.

상당한 군사력을 가지고 있다는 뜻이었으니, 그들을 흡수하면 아론의 군대도 꽤 몸집을 불릴 수 있었다.

"이 서신을 후작에게 전달하도록."

"어떤 내용인지 알 수 있겠습니까?"

"충분히 열 받을 만한 내용이지. 멍청한 놈에게 어울리는 문구다."

"무사히 전달하겠습니다!"

이것으로 되었다.

아론이 미끼를 투척하면 반응이 오게 되어 있다.

라피언 후작령.

베론 왕국 동부 국경과 이어져 있는 이 영지는 전통적으로 군대를 지원할 수 있는 보급 기지였다.

베론 왕가는 '변경백'이 얼마나 강력한 힘을 휘두르는지 알고 있었다.

그 때문에 국경을 변경백에게 완전히 맡기지는 않고 중앙군에게 임기를 두어 돌아다니게 했다.

라피언 후작령도 국경과는 거리가 좀 떨어져 있었다.

그럼에도 동부 사령관은 라피언 후작이 될 수밖에 없었는데, 그가 가지고 있는 막강한 생산력과 군사력을 생각하면 당연한 일이었다.

왕가에서는 국경의 부사령관들에게 명령을 내려 중앙군을 이끌도록 했다.

여러 정책을 통해 중앙군과 후작군이 하나가 되지 않도록 노력한 것이다.

평화의 시기에 왕가의 정책은 굉장히 효율적이었다.

변경백 직위를 없애고 해당 지역에서 가장 강력한 세력을 사령관으로 삼는다. 중앙군은 계속 임지를 바꾸었기에 국경의 군대까지는 완벽하게 통제할 수 없게 되는 효과다.

문제는 이 체제가 전시에는 어울리지 않는다는 점이다.

악신이 재림하면서 모든 국경을 침범했다.

일원화된 명령 체계로 강력하게 군사력을 투사하지 못했던 국경은 무너지고 말았다.

괴물들이 결국 수도를 박살 냈으니 왕가의 입장에서는 자업자득인 셈이다.

국경은 무너졌으나 후작령이 무너지지는 않았다.

썩어도 준치라는 말이 있듯 여전히 후작령의 생산력은 막강했고, 전성기 시절에는 1만에 달하는 군대를 유지했었다.

지금은 반의반 토막으로 박살 났지만 동부권에서는 누구도 후작의 군사력을 쫓아올 수 없었다.

주변에 적수가 없다.

야심이 꿈틀거리지 않으면 남자가 아니었다.

누구나 마찬가지일 것이다.

후작이 왕이 될 생각을 품고 있는 가운데, 오라클 남작이 공작 위를 승계했다는 소리를 들었다.

후작의 눈깔이 뒤집히는 것은 시간문제였다.

"놈이 서신을 보냈다고?"

"예."

"세작들에게 연락은?"

"소요 사태가 일어났습니다만, 진압하고 처형된 것으로 보입니다."

"밥값도 못하는 놈들이군."

부관의 말에 의하면 오라클 영지의 정보 통제가 매우 심해졌다고 한다.

전서구조차 전부 사냥해 없애 버린다고.

그 탓에 들을 수 있는 정보는 단편적이었다.

후작은 세작이 모두 죽었다고 봤다.

전부 처리했으니 서신을 보냈을 것이다.
촤악!
그는 곧바로 서신을 읽어 내려갔다.

[……내가 유일한 왕통이다. 그 권위에 복종하고 고개를 숙이는 것이 마땅한 바, 새로운 공작의 등극은 왕국 전체가 알게 될 것이다.]

"간이 배 밖으로 나온 놈이군? 도발이란 상대방을 이길 수 있다고 확신할 때 쓸 수 있는 방법이거늘."
"아직 어리기 때문 아니겠습니까?"
"단순히 그렇게만 볼 수 없다. 신정 일치가 가장 편리한 통치 방법이라는 것을 파악하고 실천하는 놈이다."
"과연……."
인간은 절망 가운데에서 신을 찾기 마련이다.
평범한 산간벽지 영주가 갑자기 여신의 사도를 참칭하고 나선 것은 모두 정치적인 의도일 것이다.
믿음이 아니면 극한의 상황을 견딜 수 없기 때문이다.
젊은 귀족치고는 꽤 뛰어난 두뇌를 가진 모양이지만, 산전수전 다 겪은 후작에게는 안 된다.
이런 도발 자체가 어리석은 짓이다.
"공작에게 승계를 받은 것은 사실일지도 모르지. 허나

그뿐이다. 야만의 시대는 힘이 전부라는 것을 깨우치지 못했다."

"바로 군대를 일으킬까요?"

"이런 시대라도 명분은 지켜야지. 마지막 경고는 하도록. 경이 직접 가라. 가서 애송이에게 전하라. 작위를 포기하고 내 밑으로 들어오라고. 수락하면 작은 영지 정도는 다스리도록 조치할 것이다."

"만약 거부한다면……."

"전쟁이지."

라피언 후작의 눈동자가 서슬 퍼렇게 변했다.

무너지는 대륙.

살아남기 위해서는 반드시 왕이 필요했다.

그 왕위는 반드시 라피언 가문에서 가져갈 것이다.

[165:33:21]

시간의 압박은 사람을 쉴 수 없게 만든다.

하루하루가 지옥과 같은 삶.

신경을 쓰지 않으려 해도 그럴 수가 없었다.

아론은 알파드 요새를 둘러보고 있었다.

신성 보호막 동쪽 끝이었으며 다음 격전지다.

이곳에 막대한 인력이 투입되었다.

일전에 소요 사태를 일으킨 죄인은 죄다 건설부로 배속됐고, 건설부장 제피드 브라이넌은 열심히 그들을 굴렸다.

매일 곡소리가 울려 퍼졌다.

원래 석벽이었던 요새지만 오랜 침공으로 망가져 복원하는데 꽤 애를 먹고 있었다.

이전까지 진행이 지지부진했던 것은 인력을 많이 갈아 넣지 않아서다.

최근에는 간단한 기중기 마도구도 개발됐지만, 그것만으로는 노동력을 결코 감당하지 못한다.

마석은 발견되는 즉시 더 중요한 기계에 쓰였으므로 아주 무거운 돌을 제외하면 사람이 등짐을 지고 옮겼다.

콰르르르!

마구 굴려 먹을 수 있는 노동자들이 생기자 성벽 아래에는 잘 다듬어진 벽돌이나 돌이 수도 없이 쏟아졌다.

'건강한 현대인 노동자가 80kg 정도를 짊어진다. 중세인은 다소 체격이 작고 영양 상태도 고르지 못하니 60kg에 맞추는 것이 맞아.'

알파드 요새를 복원하기 위해 채석장과 벽돌 공장이 쉼 없이 돌아갔다.

채석장의 기술자들은 돌을 최대한 고르게 다듬어 공급했다.

벽돌을 만드는 과정은 굉장히 단순했다.

진흙과 모래가 섞인 혼합물을 사각의 틀에 압축해 말린다.

원래는 여기서 끝나지만 아론은 현대인의 지식을 조금 더 추가했다.

모래와 흙을 혼합하는 과정에 회반죽과 현무암을 부수어 섞는 것이다. 이것만으로도 강도는 상당히 올라가지만 벽돌을 굽는 소성 과정도 거쳤다.

한 번에 어마어마한 양의 벽돌을 굽기 때문에 하루마다 수천 장에 달하는 물량이 공급되었다.

이걸 성벽에 맞춰 넣고 회반죽을 바르는 작업에는 기술자들이 투입되었다.

못과 실을 사용해 열을 맞추고 꼼꼼하게 회반죽을 채워 강도를 높인다.

성벽은 고작 5m에 불과했지만 뱀파이어의 완력을 생각해 10m로 높였다.

벽면에는 목재로 이루어진 층을 만들어 한 단씩 공사를 이어 갔다.

실로 대공사의 현장이었다.

해자는 건축 물레방아가 돌아가며 파고 있었으므로 삽질로 인한 인력의 손실은 최소화할 수 있었다.

'후작의 전령이 오늘이나 내일에는 도착해야 한다.'

눈은 공사 현장을 보고 있지만, 신경은 온통 타이머에 가 있었다.

 대침공이 시작되는 날에 딱 맞춰 후작을 끌어들이겠다고 호언장담했지만, 그 타이밍이 딱 맞을 것이라고는 장담할 수 없다.

 디펜스 워의 경험대로라면 사신이 한 번 와야 하며 정확하게 6일이 남았을 때 보내야 한다.

 여기서 후작령까지 하루가 걸리고, 진노한 후작이 군을 모아 출병하기까지가 4일이다. 나머지 하루는 여기까지 진격하는데 쓴다.

 그러니 아론에게는 하루의 시간이 남은 셈이었다.

 '내일까지 안 오면 끝장인데.'

 서신을 보낸 날짜는 정확했다.

 모든 것을 알고 있음에도 현실이 게임과 같이 딱딱 돌아간다는 것을 확신할 수 없었기에 이렇게 초조해하는 것이다.

 다만 겉으로는 태연함을 가장했다.

 아론이 신성 군주로 있는 시간이 길어질수록 연기 실력은 잘 다듬어지고 있었다.

 "주군! 이것이 성수를 투하하는 투석기입니다. 성수는 이 동그란 원통에 들어가서 발사됩니다. 투석을 하는 순간부터 성수를 흩뿌리기 시작해 떨어지니 성수의 비를 만들 수 있을 겁니다."

이단심문관장 알렉스 베르칸이 진지한 얼굴로 설명했다.

뱀파이어를 상대할 비장의 무기를 개발하라고 했더니, 꽤 신박한 물건이 나왔다.

성수를 뿜어내는 구형 물체.

원리는 간단해도 효과는 대단할 것 같았다.

전선 전체에 성수가 뿌려지면 적은 약화되고, 아군은 조금이라도 빨리 상처를 회복할 터였다.

아직 성수의 품질은 뛰어나지 않아도 없는 것보다는 낫다.

그 밖에도 여러 가지 물건들이 개발될 예정이었으나 후작군을 고기 방패로 쓴다는 전략 때문에 대부분 미루어졌다.

즉, 후작군이 제때 도착하지 않으면 엄청난 피해를 입을 거란 뜻이다.

아론은 갑갑함을 느끼며 성벽 위로 올라왔다.

언젠가는 사신이 온다.

마지막 경고를 한다는 명분으로 찾아올 것이 분명했다.

드넓게 펼쳐진 검은 평야.

마기로 얼룩진 땅은 마물들이 돌아다닐 뿐, 사람의 흔적은 보이지 않았다.

'아직 시간은 있다.'

아론은 애써 초조함을 달래고 내려가려 했다.

두두두두!

그때였다.

"주군! 후작의 사신이 옵니다!"

"허! 정말로 왔군!"

"오늘이나 내일쯤 올 것이라고 주군께서 말씀하셨는데."

아론의 뒤를 쫓아 성벽 상태를 확인하던 기사들은 놀람을 감추지 못했다.

또 한 번 예언(?)이 적중한 것이다.

십년 묵은 체증이 한 번에 내려갔다.

"여신께서 계시하셨다. 이루어지는 것이 당연하다."

아론은 입가를 씰룩거리며 허세를 부렸다.

『디펜스 게임의 군주가 되었다』 4권에서 계속